E-Z DICKENS СУПЕРГЕРОЙ КНИГА ТРЕТА:

ЧЕРВЕНА СТАЯ

Cathy McGough

Stratford Living Publishing

За тези, които вярват, че...

Съдържание

Епиграф	VII
ПРОЛОГ	IX
ГЛАВА 1	1
ГЛАВА 2	9
ГЛАВА 3	11
ГЛАВА 4	14
ГЛАВА 5	19
ГЛАВА 6	32
ГЛАВА 7	53
ГЛАВА 8	55
ГЛАВА 9	58
ГЛАВА 10	62
ГЛАВА 11	65
ГЛАВА 12	67
ГЛАВА 13	74

ГЛАВА 14   81

ГЛАВА 15   86

ГЛАВА 16   92

ГЛАВА 17   95

ГЛАВА 18   104

ГЛАВА 19   118

ГЛАВА 20   123

ГЛАВА 21   130

ГЛАВА 22   140

ГЛАВА 23   163

ГЛАВА 24   173

ГЛАВА 25   180

ГЛАВА 26   188

ГЛАВА 27   191

ГЛАВА 28   198

ГЛАВА 29   211

ГЛАВА 30   219

ЕПИЛОГ   225

БЛАГОДАРНОСТИ   239

ЗА АВТОРА: 241

СЪЩО ТАКА ОТ: 243

„Героят е обикновен човек, който намира сили да упорства и да издържи въпреки непреодолимите препятствия.“

Christopher Reeve

ПРОЛОГ

Бяха изминали**две**години и беше първи декември, петнадесетият рожден ден на Е-З. Въпреки че навън беше студено и снежинките се сипеха наоколо, той и семейството му и приятелите му бяха твърдо решени да организират партито му навън, където имаха огън, за да се стоплят, и барбекю.

Сега, когато Саманта и Сам бяха женени, домакинството на Дикенс беше още по-заето. Никога не е имало скучен момент, когато приятелите ги посещават.

Сватбата на Сам и Саманта беше малка церемония, състояла се в Службата по вписванията. Лия беше почетна шаферка, Е-З беше шафер, а Алфред, лебедът-тръбач, беше пръстеноносец.

Лия се беше подиграла на Алфред, защото беше облечен с тъмносиня папийонка и нищо друго. Алфред не се развълнува от това внимание, тъй като знаеше, че е в добра компания с други хора, като например бивши британски министър-председатели.

„Щом великият Уинстън Чърчил е смятал, че папийонката е достатъчно добра за него, значи е достатъчно добра и за мен!" каза Алфред.

„Той също така пушеше голяма дебела пура!" Е-3 каза. „Силно се надявам, че и ти няма да започнеш да пушиш такава."

Лия се ухили.

„Пържолите са готови!" Сам се обади. „Ако ви харесват редки, елате да си ги вземете сега".

Само Саманта излезе напред с готовата си чиния. „Синът ти днес иска rare - каза тя и потупа корема си.

„Каквото иска синът ми, го получава", каза Сам и вдигна една пържола в чинията на жена си. Тя бръкна в средата, докато съпругът ѝ добавяше печен картоф и няколко стръка аспержи към нея.

Саманта хрупаше аспержи, докато се отправяше към масата за пикник. Беше планирала рождения ден на Е-Зи докрай и прекара много време в украсяване на самата маса с артикули на тема „Честит рожден ден". Тя седна и разряза печения си картоф на половина, след което добави заквасена сметана, лук, масло и няколко шушулки сол.

Е-З, Лия, Алфред, Пи Джей и Арден останаха на място, защото край огнището беше по-топло. Чичо Сам не обичаше хората да се навъртат наоколо, когато той обслужваше барбекюто, затова те стояха далеч от пътя му. Освен това всички обичаха добре приготвените си колове, а и това им даваше възможност да си поговорят сами и да наваксат.

„Какво мислите за нашия уебсайт за супергерои?" Е-З попита.

Пи Джей и Ардън се спогледаха, после свиха рамене.

„Хайде", каза Е-З. „Какво наистина мислите за него, момчета? Знам, че сте разглеждали сайта, защото чичо Сам ми помогна да прегледам данните. Нямах представа, че можем да разберем толкова много информация, като например кой посещава сайта ни, колко дълго се задържа, какво гледа. И аз разпознах вашите IP адреси. И така, кажете ми какво мислите за това?“

„Цялата истина? Без задръжки?“ Пи Джей попита.

„Брутална истина?“ Арден добави.

„Да“, подкани го Е-З. Той снижи гласа си до шепот. „Чичо Сам свърши отлична работа. Все пак не се насочваме към правилната аудитория, тъй като почти не получаваме трафик. Освен вас двамата и един IP адрес, намиращ се във Франция, почти не сме имали попадения.

„Няколко души, като вас, са се връщали и са разглеждали сайта няколко пъти, но не се задържат за дълго. Чичо Сам предложи, че може би трябва да започнем бюлетин, да накараме хората да се регистрират и да им изпращаме актуализации, но не знам. В днешно време всички правят бюлетини и ми се струва, че това е много работа. Чичо Сам ми показа, че се е записал за около петдесет такива!

„Що се отнася до молбите за помощ - което е цялата причина, поради която създадохме уебсайта - досега всичко, за което са ни молили, са неща, с които се занимават местните служители като полицията и пожарната. Не ми харесва идеята ние да се втурнем да спасяваме котка на дърво, а пожарната да се появи в пълно снаряжение, за да свърши същата работа. Това е неефективно и за тях, и за нас. И е смущаващо, когато се появят точно когато ние приключваме. Времето им е ценно - те спасяват животи всеки ден. Чувствам се неуважително, ако разбирате какво имам предвид? Те спасяват животи и са на разположение двадесет и четири часа в денонощието.

„Мисля, че е необходимо заявките да са извън тяхната сфера, така че да не им губим времето и да не усложняваме работата им повече, отколкото вече е. Съжалявам за толкова дългата реч, но като си помисля за всичко, което направиха, след инцидента с родителите ми...“

Пи Джей и Ардън се наведоха близо до него и прошепнаха. Не искаха да наранят чувствата на Сам - все пак не бяха експерти - или да рискуват той да ги подслуша и да изгори пържолите им докрай.

„Напълно разбираме какво искаш да кажеш - каза Пи Джей. „Освен това полицаите и пожарникарите са основни служби и им се плаща, за да спасяват хора. Докато вие сте доброволци.“

„Значи, техният уебсайт и присъствието им в социалните мрежи е различно от това, което би трябвало да е вашето", каза Арден. „И те имат много персонал на много нива, за да поддържат и актуализират всичко."

„Докато вашият сайт, се нуждае от нещо по-супергеройски - ако това изобщо е дума - и по-малко корпоративен. Като легендите, тези, по чиито стъпки вървите. Погледнете някои от уебсайтовете, създадени за тях - и те са измислени герои. Представете си какво бихме могли да направим, ако последваме примера им - каза Арден.

„Като какво? Знам, че вие имате някои идеи, така че споделете - каза Е-З.

„Ами, както може би разбрахте, направихме една мозъчна атака между нас двамата. И съставихме един инсценировъчен уебсайт - той не е на живо и няма да бъде, докато не го одобрите - на това как би могъл да изглежда вашият сайт. Той е на телефона ми. Вижте и вижте какво имаме предвид и помислете за възможностите, тъй като това беше направено от нас доста бързо". Пи Джей натисна старт. Тримата се наведоха.

На екрана първо се появиха думите: „Добре дошли в уебсайта на супергероите от „ *Тримата*“. След това се увеличи изображението на Е-З в анимиран вид. Той седеше в инвалидната си количка, както можеше да се очаква, облечен в черна тениска, сини дънки и чифт маратонки.

Е-З потупа косата си, когато видя колко подобна на бутилка изглеждаше черната ивица по средата на русата му коса. Никога не можеше да свикне с нея.

„Какво е това, върху ризата, дънките и обувките ми? Това лого ли е? И как ме превърнахте в карикатура?“

„Да, това е лого. Сметнахме, че ангелското крило е готино и подходящо“, каза Арден.

„Използвахме едно приложение, за да те превърнем в карикатура“, каза Пи Джей. „Направихме малко редакция на ръцете ти. Надявам се, че не сме прекалили.“

Е-З'с се вгледа по-отблизо, докато анимираната версия на самия него кръстосваше ръце. Сега доста по-обемните му предмишници привлякоха вниманието му и бузите му се зачервиха. Приличаше на помияр, на позьор. Дали приятелите му наистина смятаха, че така изглежда по-добре? Той се разкрещя, когато Е-3 на крилата на екрана се появи. Той увисна във въздуха и посочи.

Това беше първото представяне на Лия. Тя също пристигна в анимирана форма. Лия беше облечена от главата до петите в лилав гащеризон с пачка. Русата ѝ коса беше вдигната на стегната конска опашка, а над очите ѝ имаше чифт лилави слънчеви очила. Докато се разхождаше по екрана, тя изглеждаше жизнерадостна, дружелюбна и сладка. Обърна се и се спря като модел на модния подиум и застана в поза.

Е-Зи се изсмя; не можеше да се сдържи.

„Е, аз поне не изглеждам като позьорка с изкуствени мускули!" - каза тя.

Е-Зи не коментира.

Анимираната Лия протегна ръце напред, обърнати с длани към земята. След това, воала, тя ги обърна. Лявото око в дланта ѝ се отвори, последвано от дясното. В синхрон те примигнаха. Лия задържа позата си, след което изсвири през пръстите си.

„Иска ми се да можех да правя наистина това!" - каза тя, опитвайки се да имитира анимираната версия на себе си.

Е-З изсвири.

„Покажи се", каза тя и го бутна с лакът.

Сега на екрана се появи Малката Дорит. Тя беше елегантна и женствена и бяла като сняг. Еднорогът долетя до Лия, кацна и отпусна глава, за да може момиченцето да я погали. Лия се качи на коня, а Малката Дорит полетя до Е-З. Те се наведоха, после обърнаха глави.

Това беше знакът на Алфред. В анимационна форма яркооранжевият му клюн сякаш блестеше на светлината. Той беше в пряк контраст с червената му папийонка от захарна ябълка. Докато се приближаваше към Лия и Е-З, паяжините на краката му скърцаха, сякаш бяха вендузи.

„Краката ми не издават този звук!" Алфред каза.

„Е, те също", каза Е-З с усмивка, докато Алфред на екрана разпери криле и полетя на страната на двамата си другари.

Тримата позираха. Е-З беше в средата с лице към Лия отляво, а Алфред отдясно. Тогава се случи.

Тримата - а именно Лия и Е-3 - вдигнаха палци нагоре. Алфред, от своя страна, направи жест с крилата нагоре.

„Това е неудобно", прошепна Е-3 на Алфред.

„Не се шегувам!"

„Шшшшшш", каза Лия, когато на екрана се появи глас зад кадър. Това беше гласът на Арден, но тонът му беше по-нисък. Звучеше като водещ на игрално шоу.

„Ако имате нужда от супергерой... Е-3, Лиа и Алфред - известни още като *Тримата* - са на ваше разположение двадесет и четири часа на ден, седем дни в седмицата. Обадете се на ***-***-**** или изпратете съобщение чрез социалните мрежи.

Когато имате нужда някой да ви помогне... обадете се на *Тримата*. Те ще бъдат там за вас... незабавно. Можете да разчитате на тях... защото те са най-добрите, които ще видите. Двадесет и четири часа в денонощието, седем дни в седмицата... гарантирано удовлетворение."

„А сега големият финал - каза Арден.

Тримата сгънаха ръце на гърдите си. Алфред сгъна крилата си.

„Това не е възможно", каза Алфред.

„Шшшшш", каза Лия.

С изпънати напред брадички един след друг *Тримата* застанаха в поза.

Пи Джей натисна пауза.

„Като вземем предвид това, което казахте за юрисдикциите, може би ще трябва да променим тази част" - каза той. Натисна старт.

„Никоя работа не е твърде голяма или малка за нас!" Компютърна версия на гласа на Е-З каза.

След това кръгът в центъра на екрана се завъртя и се завъртя, като wi-fi, което се опитва да намери сигнал. Сега думата BAM! запълни екрана. После думата SOCKO!

Те гледаха как Е-Зи спасява котка, която се е заклещила високо на едно дърво.

„О, братко", каза той.

Гласът на анимирания му герой продължи.

„Ние сме Тримата

Ние сме тук за теб!

Котка, заклещена на дърво...

Ще го свалим заради теб!"

Е-З беше показан как предава спасената котка на едно семейство.

„Това никога не се е случвало“, каза той.

„Взехме си малко поетичен лиценз“, призна Арден.

„Можем да поправим всичко, което не ви харесва“, каза Пи Джей.

Сега кръгът отново се появи на екрана, като се въртеше и въртеше. Когато спря, екранът се изпълни с думата BANG! Последвана от думата ZIP!

На екрана анимиран Е-З спасяваше самолет, пълен с пътници. Когато той приземи самолета, стотиците чакащи наблюдатели на пистата му ръкопляскаха.

„Ето това е по-скоро“ - каза той.

„Шшшш“, каза Лия.

На екрана E-Z каза,

„Защото ние сме ваши приятели!

Услугите ни са безплатни.

24/7

Защото ние сме *Тримата*!“

Отново кръг, който се върти в кръг. Последвано от БИНГО! И ВАМ!

Сега спасяването с влакче в увеселителен парк е пресъздадено в анимационна форма. Беше много добро. Толкова точно, че можеха да усетят миризмата на захарен памук и карамелена царевица.

„О!" Е-З каза.

Лия аплодира.

Алфред разтърси врата си от една страна на друга, сякаш наскоро го бяха напръскали с много студена вода.

„Обожавам го!" Лия каза. „И благодаря, че включихте любимия ми цвят. Откъде знаеш?"

„Забелязах, че го носиш често" - каза Пи Джей. Бузите му се зачервиха. „Много се радвам, че ти харесва."

„А ти какво мислиш, Е-З?" Арден попита.

Алфред погледна в посока на Е-З.

„Това беше... - каза Е-З, -... добро усилие."

„Вечерята е готова, елате и я вземете!" Сам извика.

„Нека първо да отиде рожденикът", каза Саманта.

Е-З си проправи път през двора заедно с Алфред.

„Говорим за перфектно време", каза той.

„Да, тези двамата все още са плужеци", отвърна Алфред.

„Но сърцата им са на правилното място. Това е умна идея, само че за нас е малко пресилена.“

„Малко?“ Алфред изпищя.

„Добре, много, но те опитаха. Можем да запазим това, което ни харесва, а от останалото да се отървем.“

Когато всички получиха храната си, те седнаха на масата за пикник и се нахраниха. Небето се промени и ярки звезди изпълниха небето около тях. Нахраниха се, после Саманта извади тортата, която беше изпекла, и всички запяха „Честит рожден ден!“.

„Реч! Реч!“ Ардън се закани и скоро всички се присъединиха към него.

Е-3 се замисли за няколко секунди.

„Благодаря, че направихте петнадесетия ми рожден ден специален. Искам да отделя минута, за да си спомня за майка ми и баща ми и да споделя с вас един спомен от рождения ден. Ако това е добре? Обещавам, че няма да се разпилявам.“

Всички кимнаха.

Саманта, която откакто забременя, винаги беше сополива. Независимо дали ставаше дума за щастливи, или за седящи сълзи, изтри една още преди да е започнал. „Добре съм - каза тя, докато Сам я прегръщаше с ръка.

„Беше на петия ми рожден ден. Не исках парти и вместо това помолих да отидем да гледаме филм. Вместо да търсим във вестника какво дават, решихме просто да се качим и да решим какво да гледаме на място. Или пък казаха, че мога да избирам, тъй като аз бях рожденикът."

Той затвори очи за секунда.

Отново беше там, в театъра. Там беше мама, облечена в парка. Беше си сложила наушници и потриваше ръце така, както винаги го правеше. Мама винаги носеше ръкавици и се оплакваше, че пръстите ѝ изстиват.

Татко беше облякъл синьото си палто до коляното върху дънки. Той не обичаше да носи шапка в града, защото разбъркваше косата му. Ръцете му бяха без ръкавици. Бяха пъхнати в джоба на палтото заедно с ключовете му.

Е-З подуши въздуха. Усещаше миризмата на маслените пуканки в театъра, чакаше да влязат и да си ги поръчат.

Те разглеждаха плакатите.

„Ами този?" - каза майка му.

„Не, Е-3 предпочита този?" - каза баща му.

Той отново отвори очи.

Вместо да е в задния двор със семейството и приятелите си, той отново беше в силоза - отново. Не се беше връщал там, откакто архангелите не спазиха споразумението си.

„Честит рожден ден!" - възкликна гласът в стената.

В стената до него се отвори панел и от него изскочи кексче. Отгоре пишеше: „Честит рожден ден, Е-3". В средата имаше една свещ, която вече беше запалена.

„Наслаждавайте се!" - каза гласът и пусна нож и вилица на масата до него.

„Благодаря", каза той. „Защо съм тук?"

„Времето за чакане е четири минути", каза досадният глас. „Моля, останете на мястото си."

Сякаш имаше някакъв избор по този въпрос.

ГЛАВА 1

ПРЕКЪСНАТ РОЖДЕН ДЕН

Е-3 не докосна кекса, който седеше пред него, въпреки че изглеждаше и миришеше добре. Чудеше се какво се случва на партито му. Поне знаеше, че не могат да разрежат тортата, докато той не духне свещите и не си пожелае нещо. Някакъв рожден ден вкъщи, когато той дори не е бил там!

„Изведете ме оттук!" - извика той. „Пропускам собствения си петнадесети рожден ден, а бях по средата на разказването на една история".

Покривът на силоза зееше отворен и Ериел се издигна към него като мълния в буря.

„Радвам се да те видя отново, бивше протеже - каза той.

„Чувството не е взаимно. Защо съм тук? Мислех, че съм приключил с всички вас, а днес е рожденият ми ден - трябва да се върна към него".

„Да, извинявам се за времето - но не можехме да оставим рождения ти ден да мине, без поне да ти пожелаем нещо хубаво."

„Е, благодаря, мисля."

„И понеже си тук, защо не се включиш в кекса за рождения си ден? И не забравяй да си пожелаеш нещо - ще имаш нужда от всякаква помощ, която можеш да получиш!" - каза архангелът с подсмърчане.

Освен Е-3 един прозорец се отвори и от него излезе механична ръка, която носеше запалена кибрит. Тя запали фитила, след което се оттегли обратно в стената толкова бързо, че запалката сама се разпалваше. е-Зи погледна към трептящата свещ. Чудеше се какво означава последният коментар, но си помисли, че Ериел си прави шега с него. Мозъкът му остана празен. Не можеше да се сети за нито едно нещо, което да си пожелае. Освен това се беше върнал в къщата с приятелите и семейството си, за да отпразнува рождения си ден. Докато духаше свещта, Ериел избухна в песен. Това беше възторжено изпълнение на: „Защото той е весел и добър човек, което никой не може да отрече".

„Без да се обиждам - каза Е-З, - но ти трябва да пееш „Честит рожден ден".

„Важна е мисълта" - каза Ериел. „Сега, след като приключихме с рожденния сегмент от посещението ви, бихме искали да знаем дали вече сте разгадали загадката?"

„Загадката? Каква загадка?"

„Да, предложихме ти да се опиташ да направиш връзки - в миналите си изпитания. Помниш ли, когато казахме, че не искаме да те храним с лъжичка? Имаш ли късмет да го направиш?"

„О, това не ми се струваше приоритет или загадка, която да реша, особено след като се отметнахте от предложението си. Но да, пишех в бележника си, записвах нещата, които сме постигнали досега, и забелязах няколко връзки с игрите, но те бяха чисто случайни."

„Случайни! Определено не. Случаите са свързани - всеки може да види това!" Ериел каза, като запази гласа си тих, за да не изгуби самообладание.

„Е, съжалявам, но съвпадения се случват постоянно. Знаеш ли колко деца играят на компютърни игри? Потърсих в интернет. Към 2011 г. пишеше, че деветдесет и един процента от децата на възраст между две и седемнайсет години играят всеки ден. Това са около шестдесет и четири милиона деца по света.“

„Ах, значи сте се спрели на това. Това е добре. Нещо друго, което разбрахте за него? Или някакви притеснения, които може да имате? Някаква причина, поради която трябва да направите повече проучвания - проучванията са добри. Инициативата е много, много добра.“

„Не. доста съм заeт, с други неща - училище и какво ли още не. Освен това, ако искаш да продължа да се занимавам с това - първо ще трябва да ме убедиш, че е нещо повече от съвпадение. Все пак проверих още няколко статистически данни. Например, има повече момичета геймъри от всякога. Много от тях са създали бизнеси в YouTube и си изкарват прехраната. Не са деца, разбира се, но от статистиката, която прочетох онлайн, към 2019 г. четиридесет и шест процента от геймърите са момичета."

Ериел потупа дългия си и костелив пръст по брадичката, сякаш размишляваше върху това, което Е-З беше казал. „Ах, отново съм впечатлен. Не намираш ли тези статистики за тревожни?"

„Не, не." Той вдиша дълбоко, губейки търпение да пропусне рождения си ден. „Важно ли е да направим това днес? Не можеш ли да ме върнеш тук друг път? Нищо от това, за което говорим, не звучи критично."

Ериел спря да потупва и дясната му вежда се изстреля нагоре. Той погледна рожденика.

„Или е така?" Е-З попита.

Ериел изчака, преди да отговори. Обърка езика си около думите, сякаш му беше трудно да ги изкара. Повиши височината на гласа си до сопрано и каза: „Ан-и-тин-г ел-се а-бу-ту-т-то-се-т-два-ин-ци-де-н-та? An-y-thin-g to ca-use a-l-a-rm? За да си създам огън под теб?"

Е-З пожела Ериел да го изрече и да премине към същността на въпроса. Не искаше да се смущава, като изказва очевидното или като греши.

„Рафаел беше прав, ти си доста дебел."

„Ей!" Е-3 изкрещя. „Ако имаш нужда от моята помощ, ще я получиш по много странен начин." Той прокара пръст през глазурата на кекса и засмука пръста си. Вкусът беше добър, като на захарен памук. „Убийство. Единият се опитваше да ме убие, а другият убиваше хора в един магазин. И двамата казаха, че мотивите им са свързани с играта".

„Точен удар" - каза Ериел.

„И?"

„Няма значение!" Ериел изчезна през тавана, пеейки: „Дебел като тухла, дебел като тухла, дебел като тухла, дебел като тухла".

Е-3 вдигна юмруци във въздуха. „Върни се тук и ми кажи това в очите!"

Смехът на Ериел се разнесе, отскачайки от стените.

PFFT.

„Ех, благодаря ти", каза Е-3, след което се озова обратно вкъщи, на своето парти. Всички бяха заети, играеха игри, правеха си своите неща - сякаш той изобщо не беше там - а той не беше.

Той наблюдаваше как Сам се качва на топката на стълбата. Той не беше особено добър в това, но все пак Е-З отиде при него и наблюдава втория му опит. След като завърши хвърлянето си, пропускайки изцяло целта, той отиде при племенника си.

„Виждам, че все още се опитваш да се справиш с тази игра - каза Е-З.

„Да, това е придобит талант. Между другото, къде отидохте?"

„Ериел искаше да ми пожелае честит рожден ден, наред с други неща".

„Ех, това беше мило от негова страна. нали?"

„Е, познаваш Ериел. Той никога не прави нищо без мотив. В този случай искаше да ме накара да направя връзка въз основа на един спомен".

„Спомен за какво? За родителите ти? За инцидента?":

„Не, той искаше да направя връзка между двама от подбудителите на процеса. Което, между другото, и направих. После си тръгна, като каза, че съм дебел като тухла".

„Колко грубо!" Лия възкликна. Беше се заслушала, тъй като играта с хвърлянето на топката я отегчаваше до полуда.

„И то на твоя рожден ден" - каза Алфред. Той беше още по-безнадежден от Сам, тъй като трябваше да хвърля топките с помощта на човката си.

„Искаш ли да опиташ?" Пи Джей попита, подавайки топката на Е-З, който премести стола си пред мишената, след което хвърли топката. Тя се удари в горното стъпало, завъртя се няколко пъти и се приземи в премиум позиция.

„Ето как се прави!" каза Сам.

„Двамата с Пи Джей хвърляхме такива хвърляния през цялата игра", каза Арден.

„А, но ти не си ми племенник" - отвърна Сам.

Партито продължи, докато не се стъмни, за да се играят повече игри, и всички решиха да не пеят. Пи Джей и Арден се прибраха вкъщи, докато Е-Зи и останалите от бандата си легнаха.

ГЛАВА 2
TROUBLE (ПРОБЛЕМ)

Двадни след рождения ден на Е-З, Пи Джей и Арден се оказват в затруднено положение.

Това е Лия, която имала видение, че нещо не е наред. Тя си спомня за видението на Алфред и Е-З: „Те сякаш бяха в транс. И двамата седяха на бюрата си и се взираха в празни компютърни екрани".

„Нищо необичайно в това" - каза Е-З. „Те наистина често играят игри заедно и може би са били заспали".

„С отворени очи?"

„Добре, нека отидем там", каза Е-З.

„Това е посред нощ!" Алфред възкликна.

„Но все пак е по-добре да го проверим."

Тримата се измъкнаха от къщата, като решиха да отидат първо при Пи Джей, тъй като неговата беше най-близо.

„Не мисля, че родителите му ще оценят толкова късно посещение" - каза Алфред.

„Ще разберат", каза Лия, докато звънеше на входната врата.

Минути по-късно един много сънен мъж, който търкаше очи, отвори вратата по пижама - бащата на Пи Джей.

„Кой е?" - обади се майка му отвътре.

„Това са приятелите на Пи Джей", каза баща му. „Има ли нещо нередно?"

„Еми", каза Е-З. "Извинявайте, че ви безпокоим, но наистина трябва да видим Пи Джей. Това е спешно."

„Тогава по-добре влезте", каза бащата на Пи Джей.

ГЛАВА 3
ПРЕДХОДНО

По-рановечерта Пи Джей и Арден работеха по уебсайта за супергерои. Обновиха информацията и добавиха няколко нови елемента.

В миналото, когато постъпваше молба за съдействие, се изпращаше имейл до входящата поща. Следващият път, когато някой влезеше в системата, той го виждаше и отговаряше по съответния начин. С новата система Е-3, Арден и Пи Джей щяха да получават текстови съобщения незабавно.

В допълнение към това лицето, което отправяше молбата, щеше да получи автоматичен отговор с времеви печат. Пи Джей и Арден бяха сигурни, че това автоматизирано подобрение ще увеличи доверието и ще доведе до по-голям трафик към сайта.

PJ и Арден също така създадоха канал в YouTube с подкаст. Това беше нещо ново, което те бяха измислили по време на мозъчна атака. Бяха развълнувани да разкажат на E-Z за него. Това щеше да бъде отличен начин да се увеличи онлайн присъствието на *„Тримата"*. Те създадоха и Обществен съвет за открита дискусия.

Системата също така категоризираше входящите съобщения. Например, спасяване на котка от дърво. Тримата бяха получили множество заявки за тази услуга. Тъй като местните служители бяха по-подготвени да отговорят на тези обаждания, Пи Джей и Арден го направиха син код.

Синият код означаваше, че докато E-3 пристигне, за да спаси котката, тя вече е била спасена. Синият код означаваше, че трябва да изчака, за да види дали ситуацията е разрешена, преди да тръгне на път.

Жълт код може да означава, че някой е забравил ключовете си или е заключил ключовете си в колата. И в този случай, докато E-Z стигне до мястото, ситуацията вече е била разрешена. Отново съветът беше да се изчака и да се провери, преди да се тръгне.

Чрез категоризирането на сините и жълтите кодове E-Z и екипът му ще могат да се съсредоточат върху по-важните обаждания, т.е. червените кодове.

Червеният код се отнасяше за случаите, когато животът или крайниците бяха в опасност. Откакто беше създаден уебсайтът, „Тримата" бяха получили нула заявки от тази категория.

Доволни от това колко много са постигнали, те решиха да изпуснат малко пара. Присъединиха се към мултиплейър игра.

„Три момичета" - написа Пи Джей на Арден.

„Можем да ги вземем!" - отговори той.

Играта започна и отначало всичко се развиваше както винаги. Те размазваха момичетата, изкачваха ниво след ниво, убивайки всичко, което им попаднеше пред очите. После изведнъж всичко спря.

ГЛАВА 4

КЪЩА НА PJ'S

Сега *Тримата* и родителите на Пи Джей се отправиха по коридора към стаята му. Онова, което видяха, беше в по-голямата си част такова, каквото Лия си го беше представяла. Разликата беше, че компютърният екран все още беше включен. Той мигаше и потрепваше, докато Пи Джей изглеждаше заспал.

„Какво става с него?" Майката на Пи Джей попита. „Би трябвало да е в леглото и да спи. Погледни позата му. Вероятно е дехидратиран. Ще му донеса чаша вода."

Бащата на Пи Джей прекоси стаята и разтърси раменете на сина си. Очакваше синът му да се събуди, но той не се събуди. Вместо това той се плъзна на стола си и щеше да падне на пода, ако баща му не го беше хванал. Той понесе сина си и го сложи на леглото си.

Майката на Пи Джей се върна, постави водата на страничната масичка, след което допря устни до челото на сина си. „Няма температура", каза тя.

Бащата на Пи Джей повдигна десния клепач на сина си и видя, че се вижда само бялото на очите му. „Обадете се на 911", възкликна той.

„Не, мисля, че трябва да се обадим на нашия семеен лекар, доктор Фланел", каза майката на Пи Джей. „Той е идвал тук и преди за домашно посещение. Когато е било спешно - а това определено е спешно".

„Госпожо Хандел", каза Е-З, „Той ще се оправи".

„Разбира се, че ще се оправи", отвърна тя, докато господин Хендъл излезе от стаята, за да извика доктор Фланел."

Когато той се върна, всички заедно чакаха мълчаливо, наблюдавайки Пи Джей, докато той спеше. Сякаш очакваха той да скочи и да започне да се хили. Би било точно като него да се разиграва. Да ги заблуждава.

Господин Ръкохватка беше неспокоен, подскачаше с крака нагоре-надолу, докато седеше.

Той се изправи, премести се през стаята и се наведе да погледне към твърдия диск. Вдигна крака си, сякаш щеше да го ритне, но в последния момент размисли и измъкна кабела от контакта.

Те гледаха как господин Ръкохватка започна да се тресе по цялото си тяло, докато не изпусна щепсела. Той се обърна и тръгна към тях. Зад него от твърдия диск се изсипа дим. Секунди по-късно екранът на монитора се пропука.

„Грабвайте пожарогасителя!" Алфред извика, но Е-3 вече беше грабнал чашата с вода и я хвърли върху кутията. Тя изсвистя и се присъедини към екрана, като и двамата бяха абсолютно мъртви.

Майката на Пи Джей изтича при съпруга си и му помогна да седне. „Докторът също може да те прегледа, когато пристигне - каза тя. „Ти си голям късметлия. Не мога да се справя с това и двамата да сте ранени."

„Добре съм", каза господин Хендъл.

Но за Тримата той не изглеждаше добре. Беше блед, малко зелен и малко сив.

„Не се суетете - каза господин Хендъл. „Благодаря за бързата мисъл, Е-3." После се обърна към жена си: „Добре, че донесохте тази вода.“

„Пи Джей ще се разсърди много, като види, че компютърът му е съсипан“.

„Сега, сега“, каза господин Хендъл. „Той ще разбере.“

Явно се пълнеше по-добре, тъй като Тримата забелязаха, че дишането му се е нормализирало, както и бледността му.

Тъй като всичко изглеждаше наред, Е-З спомена Арден. „Докато чакате доктора, наистина трябва да проверим Арден. Смятаме, че той може да е в подобно състояние.“

„Те често играят заедно, но какво, по дяволите, може да е причинило това?“ Господин Дръжката попита.

„Не знам, но имате ли нещо против да отида да проверя Арден?“

„Продължавайте - каза госпожа Хендъл.

„Лия ще остане тук с теб“ - каза Е-З. „Тя може да ни държи в течение и ако имате нужда от нас, ще се върнем веднага“.

„Благодаря ти, Е-3, и Алфред", каза господин Хендъл, докато ги съпровождаше до входната врата.

ГЛАВА 5

КЪЩАТА НА ARDEN'S

Е-Зи и Алфред се отправиха към дома на Арден. Преди още да успеят да почукат, вратата отвори бащата на Арден - г-н Лестър.

„Откъде знаеш?" - попита той.

Е-Зи не можеше да му каже истината. Затова вместо това импровизира с лъжа. „Е, аз съм най-добър приятел на Арден през целия си живот, така че знам, когато нещо не е наред. Мога ли да го видя?"

„Разбира се, влез в стаята му", каза майката на Арден, госпожа Лестър. „Не се притеснявайте. Той само спи. На сутринта ще се оправи."

Г-н Лестър хвана съпругата си за ръка и я поведе по коридора към мястото, където Арден спеше непробудно.

„О - възкликна Алфред, когато го видя. „Изглежда така, сякаш е в шок."

„Погледни под клепачите му", каза господин Лестър.

Е-3 издърпа клепача на приятеля си назад. Зеницата на Пи Джей се виждаше, но беше по-голяма и изглеждаше така, сякаш всеки момент може да експлодира от очната му ямка. Той отново затвори клепача над нея.

Алфред ху-ху-ху. Ето какво чуха Лестър. Това, което той каза, беше: „Какво, по дяволите, може да причини това? Страх? Или нещо по-сериозно като припадък?"

И-3 вдигна рамене, без да отговори. Лестърови и без това бяха достатъчно уплашени и стресирани, а освен това единственото, което щяха да правят, беше да гадаят.

„Къде точно го намерихте?" Е-3 попита.

„Седеше пред компютъра си" - каза госпожа Лестър.

„Екранът беше ли включен?" - попита той.

„Да, беше" - каза господин Лестър. „Обадихме се на семейния ни лекар. Той е зает в момента, на друг разговор, но ще се свърже с нас".

„Вече се обадиха на един лекар при Пи Джей, доктор Фланел. Нека се обадя на Лия и да видя какво ще каже, ако вече е поставил диагноза".

„Те са почти еднакви" - каза той.

„Какво имаш предвид, почти?"

Той се изнесе на колела от стаята. Нямаше нужда да тревожи Лестър повече, отколкото вече бяха. Той прошепна в телефона: „Зениците му все още се виждат, но са огромни. Като рани, които са на път да се спукат!"

„О, гадно!" Лия каза. „Може би трябва да отиде в болница?" „Обадиха се на семейния им лекар, но той не е на разположение. Така че ми кажете в момента, в който д-р Фланел даде мнението си, и аз ще го предам. Може би ще искате да му кажете за окото на Арден и да видите дали ще посъветва незабавна хоспитализация".

„Ще го направя. Ще се свържа с вас."

Той обясни всичко на Лестър. Те се взираха напред, с празни лица. Той се притесняваше как приемат всичко това.

„Иска ли някой чаша чай?" Госпожа Лестър попита.

„Не, благодаря", каза Е-З. Госпожа Лестър беше от онези майки, които вярваха, че чаят може да реши повечето проблеми.

Господин Лестър последва съпругата си в кухнята.

„Обикновено не се ли включваш в игрите им?" Алфред попита сега, когато двамата с Е-З останаха сами с Арден.

Понякога - отвърна Е-З. - Но напоследък, ако имам някакво свободно време, обикновено го прекарвам в писане. В последно време не ми остава много време за себе си."

„Разбираемо. Съжалявам, ако се мотая твърде много."

„Не, всичко е наред. Трябва да се организирам повече. Работата в училище се усложнява, знаеш, че сме на път към кариерата и дипломирането. Искат от нас да знаем къде отиваме, а ние дори още не знаем къде сме".

„Спомням си тези дни, но ще се справиш. Както и да е, радвам се, че не си играл играта с тях - иначе можеше да се окажеш в същото състояние, в което се намират и те."

„Вярно. Не мога да си представя какво би ги уплашило толкова много... ако се е случило точно това. Имам предвид, че играта си е игра - не е реалност. Сигурно е било адски интересно състезание".

Лестърови се върнаха в стаята на сина си.

„Какво стана?" Госпожа Лестър изпищя.

Клепачите на Арден вече бяха отворени и разкриваха изцяло бял интериор. Подобно на Пи Джей, зениците му бяха изчезнали.

E-Z имаше усещането за дежа вю, когато господин Лестър мина през стаята и се наведе, за да го изключи от контакта.

„Спри!" E-Z изкрещя. „Не го пипай!"

Г-н Лестър замръзна на място.

„Господин Ръкохватка едва не получи токов удар, когато го докосна. Най-добре е да го оставите на мира."

„О, слава богу, че бяхте тук и ме предупредихте" - каза господин Лестър.

„Да, благодаря ви E-Z. Не бих могла да се справя, ако и синът ми, и съпругът ми пострадаха. Просто не бих могла." Тя прекоси стаята и обгърна съпруга си с ръце.

„След това компютърът му се срина, екранът се напука и от него излезе дим“ - обясни Е-Зи. „И така, компютърът на Пи Джей е изпръхнал, изпържен - препечен. Докато компютърът на Арден е все още непокътнат. Ако разберем как да влезем в него - безопасно - може би ще успеем да разберем какво им се е случило. Първо, трябва да се обадя на чичо Сам и да го помоля за помощ. Той е техничен информатик, така че ще знае какво да прави.“

„Чакай“, каза госпожа Лестър. „Искаш да ни кажеш, че и Пи Джей, и Арден са едни и същи?“

Той кимна.

„Винаги съм казвала, че компютрите са зло!“ - каза тя. „Моят Арден е спортист. Трябваше да е навън и да спортува, а не да седи пред компютъра и да си губи времето“. Тя се разплака в гърдите на съпруга си и той я прегърна.

„Компютрите са необходими за училището - каза г-н Лестър. „Синът ни не е направил нищо лошо и съм сигурен, че всеки момент ще се върне към старото си аз. Той се нуждае от малко затваряне на очите. Малко почивка, това е всичко. Той ще се оправи.“

Алфред хукна.

Е-З получи съобщение на телефона си. „Лия казва, че доктор Фланел им е казал да оставят Пи Джей там, където е. Каза, че очите му трябва сами да се върнат към нормалното си състояние. Казва, че Пи Джей не изглежда да изпитва някаква болка. Сърдечният му ритъм и пулсът му са нормални. Той има нужда от почивка."

„Благодаря ви", каза господин Лестър.

„Благодаря, че се отбихте", каза госпожа Лестър. „Ще ви уведомим, ако има някакви промени."

Е-Зи и Алфред си тръгнаха след дългото посещение, срещнаха се с Лия и всички заедно се прибраха вкъщи.

„Не мога да не се запитам - каза Е-З. - дали това нещо с Пи Джей и Арден не е замислено като изпитание. Ериел ми намекна, че трябва да се тревожа за нещо. Че дори трябва да искам да го преследвам. Ако е така, не съм сигурен как трябва да го поправя. Имаш ли някакви идеи? Освен да накарам чичо Сам да ни помогне да влезем в компютъра на Арден - тук съм напълно изгубен."

„Странно е, ако това е изпитание - каза Алфред. „Защото съдебните процеси са нещо от миналото, нали?"

„Така е, но ако Пи Джей и Арден са пострадали, тогава няма да имам друг избор, освен да се намеся. Въпреки че архангелите се отказаха от сделката ни".

„Те и двамата изглеждат така, извън него. Какво очакват да направиш? Не е като да имаш лечебни сили или нещо подобно", каза Алфред.

„Но ти имаш!" Лия каза.

„Имам, но когато могат да се използват. Опитах се да общувам с умовете им. Но те сякаш бяха празни. Не можех да достигна до тях. За да ги излекувам, трябва да има някаква връзка. А нямаше с какво да се свържа.

„Продължавам да се питам дали трябва да се обадя за помощ на Ариел. Тя е Ангелът на природата. Може би има нещо, което може да предложи, или нещо, което тя може да направи, а аз не мога".

„Това е обещаваща идея", каза Е-3.

WHOOPEE

Ариел пристигна.

„Какво става?" - попита тя.

Алфред обясни ситуацията.

Е-З попита дали това не е процес, който архангелите се опитват да вкарат постфактум.

„Така или иначе трябва да помогнеш на приятелите си" - каза тя. „Искаш да им помогнеш, нали?"

„Разбира се, че искам, но това, което трябва да направя, какви действия трябва да предприема в едно изпитание, обикновено е по-очевидно".

„Не съм ли чувала шепот, че не можеш да проявяваш инициатива?" Ариел попита.

„Намекваш ли", попита Е-З, като запази тих глас, за да не загуби самообладание. „Че архангелите са поставили приятелите ми в кома, за да проверят инициативността ми?"

Ариел се усмихна. „Не, не предполагам нищо подобно. Но, ако това беше изпитание, тогава какво би направил, за да им помогнеш?" "Не, не.

„Когато пред мен е поставено изпитание, мозъкът ми се задейства. Знам какво да направя, за да го поправя, и продължавам да го правя. В този случай нямам представа какво да направя, за да го поправя. Те са в медицинска опасност. Аз не съм лекар."

Ариел скръсти ръце. „Какво опитахте, Алфред?"

„Опитах се да се свържа с умовете и на двамата. Обикновено, ако мога да лекувам хора или същества, има връзка - такава, която не е била прекъсната от външна сила. И в двата случая вратата сякаш беше затръшната и не можех да я пробия."

„Тогава ти сам си отговори на въпроса си", каза Ариел. „С нещо друго мога да ти помогна?"

„Ти не беше точно помощник", каза Лия.

Алфред се извини.

WHOOPEE

И Ариел изчезна.

„Не бива да говориш така с нея - каза Алфред. „Ако можеше да ни помогне, щеше да ни помогне."

„Съжалявам, но е разочароващо, когато те не знаят повече, отколкото ние знаем. Те са архангели! Би трябвало да знаят нещо, което ние не знаем, иначе какъв е смисълът от тях?" „Не, не, не, не. Лия попита.

„Искаш да кажеш, чеХаниъл винаги е в състояние да реши всеки проблем?"

Лия сви рамене. „Не ми се е налагало да обсъждам много от тях."

Е-З каза: „Ериел е безполезен. Всеки път, когато съм го молила за помощ, той я е отказвал. Да, той даваше съвети. Казваше ми да се справям сам.

„Като например, когато ме призова последния път, той намекна за някакъв заговор или връзка, както го нарече.

„Когато се досетих какво е това - игра на игри - че има връзка, той все още беше безполезен. Иска ми се, ако го кажеше. Така или иначе, тогава ще мога да се съсредоточа върху това да измъкна двамата си приятели от тази ситуация".

„Виждаш ли какво имам предвид?" Лия каза. „Всички архангели са напълно безполезни."

„Ханиъл ти помогна, когато си нарани очите" - напомни й Алфред.

Лия му обърна гръб.

„Да се надяваме, че лекарят е бил прав и на сутринта и двамата ще бъдат на себе си" - каза Е-З. „Това е всичко, което можем да направим."

Пристигайки вече у дома, те отидоха в задния двор. Поздравиха Малката Дорит, наблюдаваха изгрева на слънцето и разговаряха за следващия си ход.

Е-З обсъди няколко неща, които го бяха притеснили. В Бялата стая го бяха насърчили да свърже точките. Съвсем наскоро Ериел му помогна да ги стесни.

Той прегледа всичко, което момичето в магазина му беше казало. Как е взела заложници, като в игра. Как е носила костюм, така че да прилича на ловец на глави в играта.

След това прегледа подробностите за момчето пред къщата му. Момчето беше казало направо, че е изпратено да убие Е-З от гласове в играта и че ако не го направи, семейството му ще бъде убито.

След това се замисли за участието на Ериел и другите архангели в изпитанията. Сега в това бяха замесени Пи Джей и Арден.

Дали архангелите щяха да ги въвлекат, за да се доберат до него? Дали това беше негова грешка - за това, че е бил твърде бавен в решаването на пъзела, който му бяха дали? Архангелите казаха, че са приключили с него. Бяха отменили изпитанията и той се радваше, че ги е свършил. Защо се бяха върнали и се опитваха да установят нова връзка с него? Това не можеше да е съвпадение.

Той отвори уста да каже на Алфред и Лия за какво мисли - вместо това отново се приземи в силоза. Само че този път вместо от метал контейнерът беше от стъкло, а той беше без стола си.

ГЛАВА 6

ОБЪРНАТА НАДОЛУ

E-3 беше окачен с главата надолу в стъклен балон и гледаше зелената, зелена трева на земята. Беше високо над нея и главата го болеше толкова много, че се страхуваше да не се пръсне и да не се разпръсне из целия контейнер. Но за щастие нещо го държеше нагоре. Какво беше то, той не знаеше.

За разлика от другите пъти, когато беше в силоза, той не беше обезопасен (или столът му не беше) закрепен на място. Другото нещо, което го тревожеше, висейки с главата надолу по този начин, е, че нямаше да види Ериел да идва. Нито пък щеше да може да го усети.

В момента, в който си помисли за Ериел, контейнерът се измести. Той се страхуваше да падне. Искаше да се хване за нещо, но нямаше за какво да се хване, освен за въздуха. Обви ръцете си около себе си. После усети движение. Стъклената камера се завъртя на сто и осемдесет градуса по посока на часовниковата стрелка. Главата му веднага се почувства по-добре, по-ясна, и той се зае да се измъкне. Колкото по-скоро, толкова по-добре.

Твърде късно обаче, нещото се измести, после се завъртя на още сто и осемдесет градуса. Върна го точно там, откъдето беше тръгнал.

„Здравей, Дуди“ - изкрещя Ериел, като притисна лицето си към стъклото. После почука и запя: „Пусни ме, пусни ме“.

„Изведете ме оттук!“ Е-З изкрещя.

„Успокой се“, изръмжа Ериел. „Ти си тук от добротата на сърцето ми. Исках лично да ти кажа: твоите приятели са в опасност“.

„Имаш предвид Пи Джей и Арден?“ Ериел кимна. „Е, аз вече знам това! Голям шут!“

„Пръчки и камъни ще ми счупят костите, но имената никога не могат да ме наранят“ - запя Ериел.

„Ако не ме изведеш оттук - точно сега - тогава ще ти направя повече, отколкото пръчките и камъните могат да ти направят!“

Ериел почука с костеливия си пръст по брадичката си. В крайна сметка той все още беше на дясната си страна, което беше предимство пред перспективата, в която се намираше Е-З.

„Исках да знаеш, че макар приятелите ти да са в опасност, не трябва да се притесняваш. Те не са в опасност за супергероите.“ Той направи пауза. „Едно птиченце ми каза, че си мислиш, че се опитваме да ти промъкнем още едно изпитание... Е, не е така. Остави ги на съдбата.“

„Какво имаш предвид, че не са в опасност за супергероите?“ Е-З изкрещя.

Ериел изчезна и стъкленият контейнер падна. Той се размърда и се стабилизира. Той отново падна. Това продължи и продължи, докато не беше сигурен, че скоро черепът му ще се счупи като яйце върху паважа.

Тогава видя Алфред, който се намираше на ръба на тревата и гризеше трева.

„Хей!“ Е-З изкрещя. „ХЕЙ!“

Алфред спря да яде и се приближи. Той видя приятеля си, който висеше с главата надолу в стъклен балон.

„Какво правиш там?" - попита лебедът тромпетист.

„Ериел!" Е-З възкликна.

„Стига толкова. Ще отида и ще събудя Сам. Надявам се, че той ще знае какво да направи, за да те измъкне оттам".

„Добра идея и го помоли да ми донесе стола".

Докато чакаше, Е-З проклинаше себе си. Беше пропуснал възможността да поиска повече информация от Ериел. Беше се държал като жертва. Беше разочаровал двамата си най-добри приятели.

Той формулира план. Когато се измъкна оттук, ще намеря Ериел и ще го накарам да ми каже как да спася Пи Джей и Арден. Ще го накарам да се закълне, че никога повече няма да ме постави в такова положение.

Чакай малко. Ако Пи Джей и Арден не бяха в опасност за супергероите. В каква опасност са били те? Имаха ли изобщо нужда от спасяване?

Или Доктор Фланел беше прав, като каза, че ще се справят и скоро ще се върнат към старото си аз?

Не му хареса твърдението „да ги оставим на произвола на съдбата". Вярваше, че ние сами определяме съдбата си, а двамата му приятели бяха в кома. Те не можеха да си помогнат сами, затова той щеше да им помогне. Без значение какво щеше да каже Ериел.

Накрая чичо Сам излезе, размахвайки голям инструмент в ръката си. „Това е нож за рязане на стъкло - каза той. „Знаех, че един ден ще ми бъде полезен, когато го купих в една от онези реклами по телевизията. Казваха, че може да реже стъкло като масло. Да видим дали не е било фалшива реклама". Той изряза около дъното. Бавно. Внимателно.

„Ей, побързай, задушавам се тук! Ако слънцето изгрее, ще се изпържа."

„Търпение, скъпо момче", провикна се Алфред.

„Почти дотук", каза Сам. Той беше на колене и се придвижваше напред, докато резачката разрязваше дъното на контейнера. Междувременно коленете на пижамата му попиваха от росната морава. „Предполагам, че Ериел има нещо общо с това, че ти си там?" "Не, не.

„Потвърждавам."

Сам приключи с рязането и освободи племенника си, след което му помогна да се качи в инвалидната си количка.

„Благодаря, чичо Сам."

„Няма за какво. А сега обясни, моля?"

„Твърде уморен съм. И съм прекалено раздразнен, за да обяснявам. Можем ли да направим това сутринта?"

Слънцето кървеше в червено, докато си проправяше път към хоризонта.

След няколко часа Е-Зи щеше да трябва да провери как са приятелите му. Надяваше се, че те ще са добре. Да се върнат към нормалното. Тогава нямаше да му се налага да се замисля нито за миг повече. Ако не... ако не бяха. Е, така или иначе всичко щеше да е по-добре, след като се наспи.

„Мога да му обясня всичко - предложи Алфред.

„Какво знаеш за това? Трябваше да ти изкрещя, за да привлека вниманието ти."

„О, аз видях всичко. Какво мислиш, че съм правил тук? Чаках те да те помоля за помощ. Не исках да прекъсвам времето ти за Ериел".

„Прекъсвам. Много смешно. Добре, запознай го. Аз отивам да си почина малко. Твърде уморена съм, за да мисля повече." Той се качи на колелца по рампата, влезе в къщата и падна в леглото напълно облечен.

Е-3 сънува, че е седмият му рожден ден. Родителите му бяха наели закрития парк за виртуални игри. Беше поканил общо дванайсет деца, така че те бяха тринайсет и в един отбор трябваше да има допълнителен играч. Тъй като това беше неговият ден, извикаха отбори и последният избран влезе в неговия отбор. Нарекоха се „Разбивачите на топки". Другият отбор, воден от Кайл Маршал, се нарече „Бат Шитц".

„Не можеш да използваш това име" - упрекнаха го от отбора на Е-3. „Това на практика е ругатня."

„А, помислете пак", каза Маршал. „Пише се Шитц. Ние сме кръстени на моето куче. Тя е Шитц-ху."

„Хайде да играем", каза Е-3.

Пи Джей и Арден бяха в отбора на Е-З. Отборът на триото „Торнадо" риташе задниците на отбора на „Бат Шиц", докато всички бяха твърде уморени, за да се движат.

„Храната е сервирана", обади се майката на Е-З. Родителите чакаха в съседния ресторант. Бяха поръчали множество пици, кофи с безалкохолни напитки и накрая торта, заредена със свещички.

Децата излязоха заедно от игралната зала. Скоро Арден осъзна, че е забравил бейзболната си шапка.

„Не мога да я оставя! Трябва да се върна!"

„Ще дойдем с теб", каза Е-З. „Дай ми секунда, за да кажа на майка ми."

„Ще й съобщя", каза Кайл, който беше наблизо.

E-Z, PJ и Арден се върнаха назад. Когато не можаха да намерят капачката, продължиха да вървят.

„Тя трябва да е някъде тук!" Арден каза.

„Сигурно не съм мислил, че е толкова далеч", каза Е-З.

„Тези лешояди ще изядат цялата пица, преди да се върнем", каза Пи Джей.

„Не се притеснявайте, госпожа Дикенс ще ни запази малко храна. Тя знае, че няма да се задържим дълго.“

Коридорът се разшири в друга сграда, на друго място. Пред тях имаше огромна гилотина. Най-отгоре, над острието, се виждаше шапката на Арден. На самото острие имаше надпис. От него все още капеше червена боя или кръв. Пишеше: „Главата отива тук“.

„Сънуваме ли?“ Арден попита. „Защото наистина нямам толкова голяма нужда от бейзболната си шапка.“

„Слушай. Гласове“, каза Е-З.

Шепот, много тих, но шепот. Първо, това беше самотна жена. След това се присъедини друга, за дует. След това се присъедини още една за трио. Шепотът се превърна в пеене.

„Не мога да разбера нито една дума“ - каза Пи Джей.

„Шшшш“ - каза Е-З, като поднесе пръст към устните си.

Гласовете запяха,

„Б-връзка и ти си мъртъв.

B-link and you're dead.

Б-връзка и ти си мъртъв, Б-връзка и ти си мъртъв" в мелодията на „Честит рожден ден".

„Това е страховито!" каза Пи Джей.

„Да се връщаме - каза Арден, когато вратата, през която бяха влезли, се затвори и стъпките отекнаха по коридора.

Стъпките станаха по-силни.

КЛАНК. КЛАНК. КЛАНК.

Верижна изработка. Приближаване. Обути крака. Един войник. Много висока фигура с качулка. Носи нещо сребърно: точило за ножове.

Когато стигна до подножието на гилотината, фигурата с качулка извади перо от джоба си. Постави го срещу острието. То го преряза като масло. Въпреки това продължил да го точи допълнително. Докато точеше острието, той бръмчеше под носа си, сякаш се наслаждаваше на работата си.

„Сякаш острието на гилотината не е достатъчно остро!" прошепна Пи Джей. „Измъкнете ме оттук!"

Арден изтича до вратата и започна да удря по нея. „Е-З, трябва да ни изведеш оттук! Трябва да ни помогнеш! Моля те, помогни ни!"

ЗАРЕЖДАНЕ НА СЪОБЩЕНИЕ.

На екрана изскочиха лицата на Пи Джей и Арден. Те казаха две думи:

„ПРЕДУПРЕДИ ГИ".

Е-3 се събуди, за да чуе как чичо Сам удря с юмруци по вратата на спалнята му. „Ставай, Е-3, не можем да намерим Лия!"

Сега, когато се събуди, той осъзна, че тя се е свързала с него, опитвайки се да се свърже с него. За да го информира. Той провери телефона си. Съобщение с актуализация.

„Всичко е наред - каза Е-3, - тя е с Пи Джей. Кажи на Саманта, че е добре. Скоро трябва да отида да видя него и Арден. Къде е Алфред?"

„Той е в градината", каза Сам. „Искаш ли да закусиш, преди да тръгнеш?"

„Един сандвич със сирене на скара би бил подходящ. Благодаря."

Докато Е-3 се обличаше, той си мислеше за съня си. Момчетата му говореха чрез общо събитие, което бяха споделили, когато бяха на седем години. Трябваше да разбере за какво става дума. Да ги предупреди? Да предупреди кого точно? Това беше категорична подсказка, но кого точно искаха да предупреди?

Да, беше абсолютно сигурен, че се опитват да му кажат нещо, но какво точно? За пореден път у него се породи подозрението, че всичко това е свързано с Ериел.

Първо отиде в дома на Арден, а беднякът, както и преди, беше като зомбиран в леглото си. Един лекар беше до него, когато Е-Зи и Алфред влязоха вътре.

„Каква е диагнозата?“ Е-З попита.

„Първо, махнете тази птица оттук!“ - възкликна лекарят.

Алфред хукна в знак на протест, след което се отдалечи. Навън той хрупаше трева и почистваше перата си.

Докторът погледна към господин и госпожа Лестър: „Колко искате да знае това дете?“.

„Това е Е-З, той е един от най-добрите приятели на Арден.“

„Знам кой е той, виждал съм го по телевизията да спасява хора“.

Е-З не знаеше какво да каже, затова не каза нищо, но не му харесваше отношението на този лекар.

„Арден е в кома.“

„Да, и аз така мислех. Ама кога ще излезе от нея? Доктор Фланел в дома за ръчно боравене - където Пи Джей е в същото състояние - каза, че скоро ще се върне към нормалното си състояние."

„Това не го знам. Тялото му го предпазва от нещо, така че ще се събуди, когато е достатъчно добре, за да го направи. Междувременно бих посъветвал някой да е с него двайсет и четири часа в денонощието". После към Лестър: „Може би ще е най-добре, ако и двамата работите, за да наемете медицинска сестра. Мога да препоръчам някого. Ако можете да работите от вкъщи, това би било най-добре. Ще се свържа с вас след няколко дни."

„След няколко дни", повтори г-н Лестър.

Госпожа Лестър изведе лекаря от къщата.

E-Z я последва. „Ако мога да помогна, да направя една смяна до него, не се колебайте да ме попитате. Сега отивам при Пи Джей. Лия вече е там и написа, че той е същият".

„Дръжте ни в течение и предайте нашата любов на семейството на Пи Джей".

„Ще го направя", каза Е-Зи, докато двамата с Алфред се събираха отново. Двамата се вдигнаха от земята и полетяха към къщата на Пи Джей.

Докато летяха рамо до рамо, Алфред каза: „Не ми се нравеше този доктор. Когато човек е немилостив към животните... не му се доверявам."

„Разбирам те, но той само си вършеше работата."

„Ние, лебедите, не сме причинили никакви епидемии или... няма значение. Забравих за птичия грип - но той се случи заради хората".

Приземиха се в къщата на Пи Джей, където Лия ги чакаше с отворена врата.

„Как са нещата при вас двамата?" - попита тя.

„Добре", каза Алфред.

„А, той е малко намръщен, тъй като докторът на Арден го изхвърли от стаята, но аз съм добре, благодаря. А ти?"

„Аз съм добре, но родителите на Пи Джей си губят ума и няма признаци за възстановяване".

„Извикаха ли лекаря обратно?" Алфред попита.

„Не." Той им даде надежда, но нищо друго, най-вече, че ще се съвземе. Но аз се притеснявам, че не е прав". Тя направи пауза, като се изчерви малко.

„О, още нещо, когато държах ръката му." Тя погледна към двамата. „Той, ами не съм сигурна дали си го представих, или наистина го направи - но ми се стори, че я стисна".

„Е, благодаря, че останахте с него. Трябва да се редуваме с родителите му, за да не се изморява никой. Сега можеш да се прибереш вкъщи и да прекараш известно време с майка си. Тя сигурно се чуди за теб." Нямаше как да спомене за държането на ръката.

„Тогава ще си тръгна, когато го направиш" - каза Лия, докато си проправяха път към стаята на Пи Джей.

Алфред, Лия и Е-3 вече бяха сами с Пи Джей.

„Снощи сънувах странен сън. Пи Джей, Арден и аз бяхме на седмия ми рожден ден - но нещата не се случваха както тогава. Опитваха се да общуват с мен чрез събитието, което споделяхме, но не съм сигурна какво искаха да ми кажат."

„Разкажи ни съня - каза Алфред. „И не пропускай нищо."

„Да, разкажи ни го и ще видим дали ще можем да ти помогнем да го разтълкуваш".

„Ами, започна нормално. Всичко беше както през онзи ден, докато Арден не си забрави бейзболната шапка и ние, тримата, се върнахме да я вземем."

„Значи той не си е загубил бейзболната шапка на истинското парти?" "Не, не.

„Не, не е загубил. Всъщност той беше толкова обсебен от тази шапка, че често му се подигравахме, че тя е залепена за главата му. Така че това беше значителна част от съня. И ето че се връщахме към зоната за игри и коридорът сякаш продължаваше много по-дълго, отколкото когато го напуснахме.

Вървяхме дълго време. Разговаряхме, както правехме преди. Отначало не го осъзнахме, бяхме вървели доста дълго време. Арден обмисляше да остави капачката там, където беше, защото стигането до нея отнемаше толкова много време, но решихме да я вземем. Той каза, че шапката имала сантиментална стойност за него".

„Интересно", каза Лия. „Знаеш ли защо обичаше толкова много шапката?"

„Носеше я през цялото време, защото харесваше отбора. Никога не съм знаела, че в реалния живот има някаква сантиментална привързаност, освен към самия отбор. И в съня, в този момент, не, докато той не го каза. И така, след това коридорът се разшири по размер и се озовахме в голяма просторна стая, като аудитория. В центъра на стаята имаше огромна гилотина".

„Какво! Колко странно!" Алфред каза.

„Донякъде е страшно", каза Лия.

„Има и още нещо. Най-отгоре, над острието, имаше шапката на Арден, а под нея - надпис, който гласеше: Главата отива тук."

Лия и Алфред ахнаха.

„Арден каза, че вече не е толкова запален по шапката. И точно тогава се стъмни и чухме тежки стъпки, които се приближаваха към нас. Ботуши. Щракане на вериги или брони. След това светлините се върнаха, когато влезе един човек с качулка на главата. Отиде до гилотината и наточи ножовете си един след друг".

„Тогава какво?" Алфред попита.

„След това се появи компютърен екран, на който пишеше LOADING, и се появи визуализация на двамата. Те казаха две думи:

„ПРЕДУПРЕДИ ГИ".

„Тогава какво?" Алфред отново попита.

„Тогава чичо Сам ме събуди и ме попита дали знам къде е Лия".

„Това не е много за разказване" - каза Лия - "Той обичаше ли тази шапка? И кой трябва да бъде предупреден?"

„Любимият отбор на Арден беше и все още е Бостън Ред Сокс. Шапката беше подарък за него - автентична - той никога нямаше да я остави, независимо от всичко. И все пак поне два пъти е обмислял да я остави в съня си".

„Но не беше достатъчно ентусиазиран, за да си пъхне главата в гилотината, за да я получи" - каза Алфред.

„Кой би го направил!" Лия попита.

„Иска ми се да можехме да използваме компютъра на Арден. Обзалагам се, че там има някаква улика. Обзалагам се, че той има файл, нещо скрито, което бих могъл да намеря. Може би точно за това е бил сънят. И защо той ми даде подсказката."

Лия провери онлайн за значението на съня с гилотина в телефона си. „Там пише, че тя представлява страх или тревога. Да бъдеш изтъкнат или смутен от нещо".

„Мисля, че имам идея", каза Е-З, докато преглеждаше списъка с контакти на телефона си.

„Чакай малко - каза Алфред, - обади се на Сам".

„Прав си, може би първо трябва да прокарам това през него." Той набра бързо номера на Сам и му обясни ситуацията. Сам каза, че ще дойде веднага при Арден, че трябва да се срещнат там.

„Тук всичко е наред?" Майката на Пи Джей попита. „Искаш ли нещо за пиене?"

„Не, благодаря, но чичо Сам отива при Арден и ние ще го посрещнем там. Ще разгледаме компютъра на Арден, ще разберем последното нещо, което е правил. Жалко, че компютърът на Пи Джей е неработещ".

„Това е умна идея. Чухме, че родителите на Арден са повикали и лекар, помогна ли им той?" "Не, не.

„Не, не беше."

„Ще ви държим в течение, ако чуем нещо“, каза Лия, докато опипваше челото на Пи Джей.

„Ти си добро момиче“, каза майката на Пи Джей. После излезе от стаята, борейки се със сълзите си.

Когато пристигнаха в къщата на Арден, Сам ги чакаше отвън. Той носеше лаптопа си и чанта, пълна с компютърни инструменти, както и някои други части.

Заедно влязоха вътре, където Сам постави собствения си компютър наблизо, лаптоп, включи го от другата страна на стаята, след което разгледа настройките на Арден. Тя беше включена направо в контакта на стената. Без защитна планка за непредвидени пренапрежения. Добре, че винаги носеше такава в чантата си.

След като обезопаси предпазната шина, той включи компютъра на Арден към нея. Изчакаха - и нищо не се случи. Приемайки това за добър знак, той щракна върху захранването и компютърът на Арден оживя. Беше необходима парола. Парола, която никой от тях не знаеше.

„Има ли предположения?“ Сам попита.

E-3 набра Бостън Ред Сокс. Опита второто име на Арден, което беше Даниел. Без успех.

„Опитай с гилотина - предложи Алфред.

„Бинго!" Е-З каза, че сега му остава само да търси в историята.

„Позволете ми - каза Сам, докато щракаше в настройките, търсейки нещо необичайно. Нямаше нищо необичайно.

„Кое беше последното нещо, което направи? Играеше ли някаква игра?" Е-З попита.

Докато Сам щракваше, за да разбере, лентата за пренапрежение без пренапрежение се запали. Чичо Сам изтича да потуши огъня, а докато се върне, Е-З вече го беше задушил с одеяло. „Добре си помисли - каза той.

„Надявам се, че и майката на Арден мисли така!"

„Хвани твърдия диск!" Сам каза, което той направи, преди да се изпържи. „Сега го вземаме със себе си и ще видим какво можем да видим".

ГЛАВА 7
ДИСКУСИЯ

Докато се прибираха у дома, Е-Зи все още мислеше за съобщението „Предупреди ги". Възможно ли е това да е било нещо повече от сън?

„Чудя се", каза той.

„За какво?" Сам попита.

Е-Зи обясни за съня си и за съобщението, след което добави новата си идея, за да види какво мислят за нея.

„Пи Джей и Ардън създадоха неща в уебсайта, за да можем в бъдеще да правим подкастове. Чудя се дали да го използвам, след като разберем кого да предупредим. Със сигурност бихме могли да достигнем до много хора."

„Това е брилянтна идея!" Сам каза: „Но не трябва ли сега да си създаваме последователи? Така че, когато сме готови да предадем предупреждението, вече ще имаме някои абонати?“

„Какво ще кажа?“

„Нека помислим върху това“, каза Лия. „А ние ще бъдем до теб.“

„Нямам нищо против да направя част от разговора.“

Пристигайки вече у дома, те влязоха вътре.

ГЛАВА 8

БРАНДИ ЖИВЕЕ

Когато го видя за първи път, общата им идея беше музиката. Тя свиреше на пиано, по-добре от средното, но не изключително добре. Учителката ѝ по музика каза, че има естествени способности - каквото и да означаваше това. Но тя можеше да свири само песни, които означаваха нещо за нея. Тогава ги запомняше и можеше да ги изсвири веднага. Въпреки това принуждаването ѝ да свири нещо, което не ѝ харесва, я караше да мрази уроците.

Тя се придържаше към тях. Принуждаваше се дори когато го мразеше. Надяваше се, че ще успее да си проправи път към училищния оркестър.

Родителите ѝ искаха да се похвалят с уроците, за които бяха платили. Наложи се да се пробва в групата - за да се включи повече в училищните дейности.

„Това ще изглежда добре при кандидатстването ти за колеж" - каза баща й.

„Опитай се да дадеш най-доброто от себе си, това е всичко, което искаме. Дай най-доброто от себе си!" - каза майка й.

На тазгодишните прослушвания в гимназията обаче се натрупаха талантливи деца. Когато тя влезе в залата, на сцената вече свиреше талантлив барабанист от мъжки пол.

С изпотени длани и туптящо сърце тя се придвижи по линията. Редицата от ученици и учители ръкопляскаше и потупваше с пръсти. Тя усещаше как подът пулсира с всеки удар.

Като робот тя продължи да върви по ръба на аудиторията, докато не се приближи максимално до сцената.

Сега се измъкна през вратата и отиде зад кулисите. Застана с останалите изпълнители на палубата и аплодираше, сякаш винаги е била там.

Това беше брилянтен план. Всички бяха толкова вглъбени в прослушването му, че дори не бяха забелязали, че тя се е вклинила в редицата.

„Кой е той?“ - прошепна тя на момичето пред нея в редицата.

„Шшшшшш!“ - отговориха другите чакащи изпълнители.

Той барабанеше, облечен в дънки, с руса коса, която се поклащаше и подскачаше. После се наведе по-близо до микрофона и дълбокият му мелодичен глас се присъедини към ритъма.

Тя се приближи малко повече и докато го правеше, забеляза сърбеж, който преди не беше там. По дланите, ръцете, краката ѝ. Тя се почеса и не намери облекчение. Всъщност се влоши и скоро кожата ѝ сякаш пламна. След това дишането ѝ се влошило, а сърдечният ѝ ритъм се забавил.

„Успокой се“, прошепна тя и на глас, и в главата си.

Това беше последното нещо, което си спомняше, преди да се събуди в движещо се превозно средство.

ГЛАВА 9
ЗА БРАНДИ

Автомобилът се**е**движел с висока скорост по магистралата. Тя е била на задната седалка. В чий автомобил е била тя? Не беше автомобил, който тя разпозна.

Опита се да седне; главата я болеше - сякаш през нея преминаваше влак. Затвори очи за секунда и се заслуша, опитвайки се да разбере как е попаднала там. Самата кола миришеше странно, на ново и същевременно на старо.

PFFT.

Отдушникът отделяше миризма, от която стомахът ѝ се сви и тя повърна.

„Хей, гледай интериора - каза един мъжки глас. „Това е кожа, истинска." Телефонът му звънна и той заговори по него чрез микрофона във визьора. „Да, скоро ще бъдем там" - каза той.

Изключи връзката, след което увеличи звука на радиото.

Ръцете ѝ бяха вързани, но не зад гърба ѝ, както беше виждала по филмите, а пред нея, точно над закопчания предпазен колан. „Искам да се прибера у дома!"

„Скоро" - отговори мъжкият глас над припева на мелодията на Дрейк.

След като пътуваха в продължение на около тридесет минути, както ѝ се стори, той спря на бензиностанция. Заключи я, след това затръшна вратата зад себе си и я остави заедно, без да каже нито дума.

Тя погледна през прозореца, като се опитваше да не повърне отново. Нейният похитител или похитител, какъвто и да е той, беше влязъл вътре. Надяваше се, че не е похитител, който планира да поиска откуп. Родителите ѝ нямаха пари, за да платят за връщането ѝ. Тя се съсредоточи върху момента, като забеляза, че вратите нямат дръжки, а бутоните за отваряне на прозореца не работят.

От другата страна на колата, която помпеше бензин, тя видя един човек.

„ПОМОЩ!" - извика тя, давайки всичко от себе си. Знаеше, че това може да е единствената й възможност.

Когато той не отговори, тя удари с вързаните си ритници по затворените прозорци. Беше трудно да се издават каквито и да било звуци тук, в този рибен аквариум на колата. Тя погледна назад и похитителят й се връщаше към колата, носейки със себе си кутия поп и две шоколадови блокчета. Когато се качи зад волана, той хвърли през рамо към нея едно шоколадово блокче. Тя не можа да го хване, мразеше този вид, да не говорим, че наскоро беше повърнала.

„Жадна съм", каза тя.

„Какво искаш?" - попита той, после влезе вътре и почти веднага излезе с бутилка вода.

Отвърза капачката и я сложи в ръцете й. Въпреки че те бяха вързани, след няколко опита тя успя да вкара малко вода в устата си. Предната част на тениската й беше покрита с капки вода. Тя нямаше нищо против, това отмиваше част от миризмата на барут.

„Благодаря ти", каза тя.

Миг по-късно отново бяха на магистралата. Той ускори скоростта, премина в бързата лента и предпазният ѝ колан се разкопча. Тя се преметна на задната седалка на колата, подобно на единичен зар, който се търкаляше без посока.

„Престани с това, луднице!" - каза мъжът, докато тя се опитваше да закопчае отново колана с вързани ръце.

Гумите, докато шофьорът безразсъдно сменяше лентите, се разхвърчаха. Другите шофьори набиха спирачки, за да се разминат с него. След това той се насочи към отбивката. Натисна спирачките и спря. Слезе от предната седалка, отвори задната врата.

Беше готова, с крака, насочени към него, и го удари с всичка сила с един голям ритник с два крака. Той падна на земята, а тя беше излязла от колата и бягаше бясно, когато една кола я удари, после друга, после още една.

Той се върна в колата и потегли.

„Глупаво момиче!" - възкликна той.

ГЛАВА 10
БРЕНДИ СИ СПОМНЯ

„Пак се случи, нали?" - попита майка ѝ, докато помагаше на Бранди да слезе от количката с хранителни стоки. „Какво се случи този път?"

„Извинявай, мамо", каза тийнейджърката и се наведе, за да си завърже обувката. Ръцете ѝ се чувстваха толкова добре, след като вече не бяха вързани.

Майка ѝ се наведе и прошепна: „Същото ли беше като другите пъти? Припадна ли?"

Тя се изправи и погледна към вратата.

„Кажи ми", каза майка ѝ, като премести дъщеря си пред себе си, така че да са близо и никой друг да не може да чуе. Освен това в тяхната пътека нямаше никой друг.

„Бях в училище, на прослушванията. Едно момче свиреше соло на барабаните и пееше. Беше наистина отличен.“

„И очаквам, че беше и мечтателен?“ - попита майка ѝ.

Тя усети как бузите ѝ се разгорещяват. „Сърцето ми се ускори, забърза се, дланите ми се изпотиха и се почувствах странно. Следващото нещо, което разбрах, беше, че съм вързана на задната седалка на движещ се автомобил!“

„Вързана? В кола? В чия кола? Кой караше? Къде отивахте?“

„Не разпознах колата, нито шофьора. Той говореше с някого, използвайки един от онези микрофони за свободни ръце. Беше добър шофьор, докато не излезе на магистралата. След това караше като маниак и аз се престорих, че предпазният колан се е разкопчал. Когато отби от пътя и спря, го ритнах толкова силно, че той падна, а аз избягах.“

„Слава богу, че се измъкнахте. Някой спря ли да ти помогне? Надявам се, че имаш номера им, за да мога да им се обадя и да им благодаря“.

Бранди не говореше, защото си спомняше колите, една, две, три, когато я удариха и тя умря. Отново. И се озова в магазина за хранителни стоки с майка си, отново.

„Говори с мен", каза майката на Бранди.

„Аз умрях - отново - каза Бранди - и се озовах тук. Отново."

Тя седна на пода, или по-скоро коленете ѝ отслабнаха и тя падна на колене. Майка ѝ я последва като домино.

Те седяха заедно, държаха се за ръце, без да говорят.

ГЛАВА 11
БРАНДИ ПРЕДИ

Бързай, Бранди!" - това беше казала майка
" й последния път. Последният път, когато
единствената й дъщеря беше умряла - и
възкръснала.

Когато на повечето родители им се налагаше да
отидат до магазина за хранителни стоки с децата
си на ръце - не можеха да се измъкнат оттам
достатъчно бързо.

Бранди не беше от тези деца. Тя предпочиташе
магазините пред парковете, спорта - почти всяко
занимание. Да я заведем да пазарува беше
единственият начин да я измъкнем от къщи.

Това не беше изцяло по вина на Бранди. Беше
родена с рядко заболяване на сърцето. Казваха, че
ще израсне. Така че тичането и игрите с другите
деца не бяха опция за нея.

Поради това тя беше обикнала мола, но най-много обичаше магазина за хранителни стоки. А в коридорите за хранителни стоки нещата винаги бяха доста спокойни. С изключение на един път, когато раздаваха безплатни DVD-та. Бранди толкова се развълнува, че не можа да диша, и се наложи да я откарат в болницата.

Тогава тя беше на три години.

ГЛАВА 12

БРАНДИ СЕГА

Сега, когато дъщеря ѝ беше на четиринайсет, това се случваше все по-рядко. Все пак се чудеше какво ще стане, когато стане твърде голяма, за да се побере в количката за хранителни стоки.

„Защо тук, мислиш ли?" Майката на Бранди попита: „Защо винаги само ти и аз и тук?"

„Не знам, мамо, но знам едно нещо. Искам да пазарувам. Искам да си купя храна и напитки и, тръгвам си. Ти остани тук, ако искаш, аз ще се върна след минута. Ето, изиграй пасианс на телефона си. Това ще успокои нервите ти, а пазаруването ще успокои моите".

Жената седна на пода, докато количките идваха и си отиваха, съсредоточавайки цялото си внимание върху играта на пасианс. Дъщеря ѝ я познаваше толкова добре. Все пак това, за което се опитваше да не се тревожи, беше колко много - не колко малко - да каже на съпруга си. Не му беше казала нито миналия път, когато дъщеря ѝ беше починала, нито предишния, нито по-предишния. Беше му казала само, че са ходили да пазаруват и че е било напрегнато.

„Готова съм“ - беше казала Бранди, онзи път, когато беше малко момиченце с ръце, пълни със зърнени закуски и попчета.

Тогава се насочиха към линията за самообслужване на касите.

„Остави ме да го направя, мамо!“

Това винаги казваше Бранди. Обичаше да гледа как човекът на касата сканира всеки предмет. И бог да им е на помощ, ако сканирането е било погрешно.

Бранди и майка ѝ вече бяха приключили с работата си за деня и се върнаха в колата. Бранди седна отпред и се закопча с предпазен колан. Потеглиха, като спряха само за кратко на автогарата, за да си вземат две горещи сладоледи.

„Днес получихме няколко наистина отлични сделки“, каза Бранди тогава и сега го повтори.

„Знам, че обичаш, но все пак бих искала да чуя повече за твоята, хм, случка днес. Можеш ли да си спомниш нещо друго за случилото се? Сигурно си била ужасена, когато си била съвсем сама в колата с непознат? Това, което не разбирам, е как се случва това нещо. Този случай беше ли по-различен от другите? Казахте, че в един момент сте били на прослушване за училищния оркестър, а в следващия сте били в колата?"

„Да, чаках реда си за изпълнение заедно с другите ученици. Всички слушахме едно момче, което свиреше на барабани. Той беше невероятен, пееше и свиреше. Бях наближил началото на редицата, когато, ЗАП, ме нямаше."

„О, не ми харесва звукът на този ZAP."

„Така се случи, мамо. Първо ме сърбяха ръцете, после краката, ръцете".

„Не си ми казвала за сърбежа преди?"

„Случва се. Обикновено се успокоявам. Този път нищо не помогна и, ами, нали знаеш, думата „З".

„Трябва да попитам, но не мислиш ли, че може би това се е случило, защото си искал да избегнеш прослушването? Имам предвид да се явиш на прослушване. Това не е нещо, което си искал да правиш."

Бранди барабани с пръсти по ръката на вратата. „Не бих скочила в кола с непознат, за да избегна прослушване - каза тя.

„Добре, скъпа", каза майка ѝ и се разплака. Беше казала грешното нещо - отново. Винаги казваше грешни неща, когато ставаше дума за... как да го нарече? Пътуващите приключения на дъщеря ѝ.

„Всичко е наред, мамо."

Известно време караха мълчаливо. Беше удобно мълчание.

„Искам да знам как да ти помогна", каза майката на Бранди. „За следващия път..."

„Знам, че искаш, мамо, но ти не си там, когато това се случва. Трябва да мога да се справя сама."

„Има ли едно нещо, което винаги се случва - преди да изчезнеш?"

„Иска ми се да си спомням, мамо, но както и миналия път, не мога." Тя погледна през прозореца, после скръсти ръце.

„Е, когато сме вкъщи, можеш да практикуваш на практика. Тогава ще бъдеш още по-подготвена за прослушването утре".

„Това беше прослушване само за един ден. Така че няма шанс за мен тази година. Освен това на татко не му харесва, когато тренирам, особено когато той работи от вкъщи. Казва, че от това го боли глава."

„Татко не го мисли така", каза тя. „Ще поговоря с него. В края на краищата, ти искаш да свириш на пиано, като работа, да? Имам предвид един ден, след като се дипломираш. И аз ще се обадя на учителя ти - ще поискам изключение от правилото".

„Искам да чуя как е минал този разговор!" - засмя се тя. „Здравейте, господин Хопър, аз съм майката на Бренди, а дъщеря ми, ами, тя пътува във времето в една препускаща кола с непознат, след което, умря. И така, може ли тя да се яви на прослушване за вас утре?"

„Това е жестоко", каза майка й. „Не си ли променила мнението си за това, че искаш да продължиш музикалната си кариера? Сигурно постоянно правят изключение за учениците?"

„Може би правят, но не ме притеснява. Това, че съм го пропуснала. Винаги има следващо ухо. Освен това бих искала да бъда купувач, мисля, че затова винаги се връщам в магазина за хранителни стоки или в магазина за дрехи. Спомняш ли си онзи път?"

Майка ѝ кимна.

„След купувач пианист, после учител", каза тийнейджърката, разпери ръце и захапа ноктите си.

Майка ѝ я погледна: „Недей, скъпа. Гризането на нокти е толкова нехигиенично." Бранди седна върху ръцете си. „В този ред?" - каза майка ѝ и се засмя.

„Може би в обратен ред" - изпищя Бранди, когато спряха на алеята. „Татко още не се е прибрал."

Тя използва автоматичното отваряне на гаражната врата, без да отговори на дъщеря си. Да, съпругът ѝ отново беше закъснял. Всяка вечер той се прибираше все по-късно и по-късно. Казваше, че работата го задържа и го кара да работи допълнително, без да плаща извънреден труд. Тя мразеше, когато той никога не се прибираше да види Бранди, преди тя да си легне. Поне бяха приготвили закуска. Щеше да приготви вечерята за нея и да я настани в стаята ѝ. Така тя и съпругът ѝ можеха да вечерят заедно. Щеше да е прекрасна вечер, само двамата.

„Вземи чантите - каза тя.

„Добре, мамо - отвърна Бранди, докато влизаха вътре.

ГЛАВА 13

АВСТРАЛИЙСКАТА ПУСТОШ

Момчето**от**пустошта в северната част на Австралия живеело в кутия. Било е на дванадесет години, когато са го намерили. Тялото му било деформирано, тъй като седяло с извит гръб и вдигнати колене - подобно на кутия. Дори когато я разчупили и го пуснали навън.

Не можел да говори или не искал да говори. Докато не започна да се доверява отново. Тогава се изпъна и тялото му се отпусна.

Предпочиташе тихите гласове, шепнещите гласове. Силните неща, силните звуци от всякакъв вид го плашеха. Той се разтреперваше и се затваряше в себе си. Търсеше и викаше: „Кутия!"

Те я държаха там, в ъгъла. Докато хората в Сидни не казаха, че няма да се оправи, ако не я унищожат.

Той им помогна да го направят с един чук, голям почти колкото него. Когато я разбиха на малки парченца, очите му се завъртяха в главата и той изчезна. Отдалеч. Някъде в съзнанието му. Недостижим.

Никой не знаеше кой е той. Или на кого принадлежи. Кои родители биха затворили детето си в кутия като животно?

Все пак не е гладувал. Във всеки случай не за храна. И не е бил дехидратиран.

Което означаваше, че някой е наблизо. Те чакаха, рейнджърите, офицерите, да се върнат - но те не се върнаха. Значи трябва да са знаели, че кутията в кутията е излязла.

Екип от психолози беше поставил камери в къщата, за да може да наблюдава момчето от разстояние от Сидни.

Други хора от цял свят искаха да се „включат" в наблюдението на момчето. Някои пишеха дисертации за насилието над деца, за неглижирането. Те си проправяха път към върха на списъка.

Момчето се люлееше напред-назад, без да каже нито дума. „Кутия!" беше единственото му усилие. Но то знаеше какво се случва. Чуваше ги да си шепнат. Милионери, които искаха да го осиновят. Той не отиваше никъде. Оставаше на място. Това беше неговият дом.

Момчето, което никога досега не беше спало в легло - или ако беше спало, не си спомняше - не искаше да спи в такова сега. Вместо това се сви на кълбо и заспа в ъгъла на пода. Имаше полза от възглавницата и одеялото, които му бяха оставили. Тези луксозни предмети останаха недокоснати.

Докато решаваха какво да правят с него, беше назначена една сестра. В Австралия сестрите се наричат още медицински сестри. В някои случаи сестрата е и сестра (монахиня.) Също така сестрата, която е медицинска сестра, може да бъде и брат. Ако споменатата сестра/медицинска сестра е мъж.

Сестрата/медицинската сестра на момчето беше мила дама, която винаги носеше косата си на кок.

Тя носеше бяла униформа с подходящи обувки, които скърцаха при всяка нейна стъпка.

Първият път, когато се опита да хвърли одеяло върху него, той изкрещя, сякаш беше нападнат от разгневен облак.

„Ето, ето - каза сестрата. Тя се поколеба, после вдигна одеялото. Преметна го през раменете си и момчето изтръпна.

„Меко е", каза тя.

Тя се сгуши в него. Помириса го.

„Много е меко и топло" - изръмжа тя.

Момчето протегна ръка и докосна ръба на одеялото. Погали го, сякаш то все още беше на овцата, откъдето беше дошло.

„Искаш ли го?" Сестрата попита.

Два дни той отказваше, после ѝ позволи да го сложи на раменете му. След това заспа с нея, сякаш беше живо същество. Люлееше го като бебе, шепнеше му. Накрая се утеши с него и не позволи на сестрата да го вземе или да го изпере.

На четвъртата сутрин от свободата на момчето животните започнаха да се събират навън на моравата пред имота. Първо пристигна едно женско кенгуру. Тя скочи в дъното на стъпалата на верандата, после седна на хълбоците си и загледа вратата. След това пристигна едно ему и направи същото. След това дойдоха сврака, какаду и гала. Птиците се редуваха да пеят и гласовете им сякаш призоваваха момчето да излезе през вратата. Преди той не беше склонен да отваря вратата или да излиза от нея. Когато обаче видял животните и птиците, той без колебание излязъл да ги посрещне.

Сестрата го наблюдаваше иззад паравана на входната врата. Тя не обичаше нито кучета, нито котки, нито птици - всъщност те я плашеха, - но тези диви животни я ужасяваха. Ако се наложеше, щеше да рискува да излезе навън. Надяваше се скоро да изпратят някой, който да й помогне.

Момчето застана на верандата и вдиша въздуха. Разтвори широко ръце, по-широко, после напълни дробовете си с външен въздух. Вдишваше го жадно.

Сестрата, на която й се искаше той да е нейният собствен син, наблюдаваше как гърдите му се разширяват в малката му рамка.

И тогава това се случи.

Момчето започна да се издига, сякаш беше балон, който излита, само че не беше балон и не беше на въже - беше малко момче.

Сестрата избяга. Тя го обичаше - а той се отдалечаваше. Зад нея вратата на паравана се разби.

„ПОЧАКАЙ!" - извика тя и се протегна към него със свити пръсти.

Докато момчето се изплъзваше. Малките му крачета се издигаха. Отнасяйки го навън, нататък. Докато трите птици го носеха насам-натам.

Тя се хвана, но той беше твърде далеч. И така, тя гледаше как майката на кенгуруто вдига очи.

И момчето падна на раменете на майката. Тя седна нависоко, с ръце около врата на каруцата, и отскочи. Заедно с тях едно ему се движеше в крак.

Сестрата, без да знае какво друго да прави - изтича вътре, за да вземе ключовете за колата си. Запалила двигателя и последвала момчето, докато не го видяла повече.

Момчето, което някога е живяло в кутия, е било взето от човешкия свят. Беше отишло в света, където животните се грижат за своите. И това дете беше едно от тях. То беше семейство.

И момчето пееше песни с гласовете, които познаваше дълбоко в себе си. И се смееше на глас и беше щастливо, докато се пренасяше на мястото в сърцето си. Мястото, където е бил, това, което винаги е трябвало да бъде.

ГЛАВА 14

САМОТНОТО МОМЧЕ

В забранената гора на Япония се чува детски плач. Птиците се събраха, присъединиха се към песента и засилиха молбата за помощ на самотното момче. Пристигнал бухал, който изплашил останалите птици. Тя седяла наблизо, пазела и чакала.

Алармата на колата се чу. Нейният плач заглуши виковете на детето. То беше в детска седалка. Такова, каквото се поставяше на задната седалка на колата.

„Щрак, щрак" и алармата на колата спря, достатъчно дълго, за да може шофьорът да чуе слабия плач на детето. Тя и съпругът ѝ се втурнали в гората, където намерили детето, което било уплашено и съвсем само. Заедно го утешават.

Няколко восъчни птици останаха да наблюдават. Преценяваха ситуацията. Те шумоляха с перата си и цвърчаха. Сякаш съобщаваха на живо за спасяването на детето.

Жената отвърза детето. Тя го придърпа към себе си и му зададе въпроси, на които то беше твърде малко, за да отговори. Въпроси като: „Къде е твоята Хаха, Ко? Къде е твоят Отосан?" (В превод: Къде е майка ти, дете? Къде е баща ти?"

Съпругът ѝ претърси района. Той извика. Когато никой не отговори, той потърси знаци. Следи от стъпки на възрастни. Такива не бяха открити.

„Никакви стъпки", каза той и поклати глава невярващо. За него гората не беше любимото му място. Той предпочиташе градовете и шума. Именно той случайно беше включил алармата на колата. Надяваше се, че жена му ще поиска да си тръгне. Беше ѝ обещал обяд в любимия ѝ ресторант. Точно тогава тя бе чула детето и бе избягала в гората.

Той бе последвал съпругата си, заради нейната безопасност. В града те избягваха местата, където можеха да дебнат хищници. Примамвайки нищо неподозиращи, доверчиви хора - като жена му - в опасност.

Гората, тази конкретна гора, беше оживена от звуци. Жива, със светлина. А детето, не можеха да го оставят.

„Да вървим", каза той. „Ще го заведем в болницата, за да се уверим, че е добре и че могат да проверят в полицията на кого принадлежи".

Тя държеше детето близо до гърдите си, прокарвайки ръка по гърба му, както би направила една майка със собственото си дете. В съзнанието й той беше точно това - нейното дете. Детето, което никога не бе успяла да има, бе я повикало и тя бе дошла в забранената гора и го бе поискала.

„Той е мой - каза тя, първо предизвикателно, после по-тихо, - искам да кажа, наш. Нашето бебе. Синът, който винаги си искала."

Съпругът й погледна момчето. Той се нуждаеше от тях. А то беше твърде малко, твърде младо, за да си спомня нещо преди. Вече им се доверяваше. Никой няма да разбере, помисли си той. И все пак, правилно ли беше да вземат това дете като свое?

„Никой няма да разбере", каза жена му, сякаш четеше мислите му.

Това се случваше често, след дванадесет години съвместен живот. Мислеха си подобни неща. Говореха по едно и също време. Довършваха си изреченията.

Бяха любяща и стабилна двойка. Заедно можеха да дадат толкова много на едно дете. И все пак съдбата не им беше дала собствено дете.

Тя подаде детето на съпруга си и зачака.

Птиците горе виждаха как ръцете ѝ треперят. Те запяха, насърчавайки я да вземе детето. Помагаха му да реши, че детето вече е тяхно.

Тя вече го бе приела в сърцето и в душата си. Съпругът ѝ също, но той се разкъсваше между егоизма на това. Искаше да постъпи правилно, а не егоистично.

„Искаш ли да дойдеш и да живееш с нас?" - попита той детето.

Въпреки че то не отговори, тримата се върнаха на паркинга. Сложиха момчето в средата на задната седалка, далеч от въздушните възглавници.

Птиците и бухалът кимнаха, след което отлетяха в гората.

ГЛАВА 15

ЖЕНА

Една възрастна жена се люлее на стола си, напред-назад, напред-назад. Спомените й са мимолетни, като облаци. Често са недостъпни.

Настъпва объркване. Скоро то ще замени всичко в съзнанието й с нищото.

Деменцията не избира жертвите си според желанията или нуждите на болния. Нейната цел е да обърка. Да се отчужди. Да заличи.

Беше се сблъскала с това, докато един ден всичко не се обърна наопаки.

Така го наричаше сега - обърнато наопаки. Или накратко Т/Т. Другото нещо беше лошо и ставаше все по-лошо. Но топси-турви означаваше, че не е луда, а освен това означаваше, че не е сама - вече не.

В съзнанието си тя виждаше всичко. Понякога всичко се случваше на забавен каданс, сякаш бе натиснала бутон на дистанционното. Понякога сцените се възпроизвеждаха отново и отново, назад, напред, в цикъл. Друг път се намираше в центъра на събитията, наблюдавайки ги от първа ръка като репортер.

Когато това се случи за първи път, тя се страхуваше да не бъде наранена или убита. Беше станала свидетел на някои неща, които извиваха косата й. Но когато разбра, че околните не я виждат и не я чуват, тогава успя да се отпусне. С изключение на архангелите, те знаеха, че е там, но не позволиха присъствието й да стане известно на другите.

Като онзи път, когато съзнанието й отлетя в Холандия. Беше се настанила, наблюдавайки малкото момиченце. Беше извикала, когато детето изгуби зрението си. Чувстваше се безпомощна, тъй като не можеше да направи нищо друго, освен да гледа. Това също се промени с времето.

Тогава Лия и Е-З станаха приятели, а към тях се прибави и лебедът Алфред. Тя ги наблюдаваше и слушаше. Чувстваше се като невидим и нечуван член на техния екип. Наблюдаваше как работят заедно и се превръщат в твърди приятели.

Тогава изведнъж тя заговори на Лия в ума си и малкото момиче отговори. Пред Розали се откри цял нов свят.

Отначало разговорите им бяха малко ограничени. Въпреки че имаше голяма разлика във възрастта, двете имаха някои общи неща. Като например любовта им към балета.

Откакто архангелите промениха правилата, Розали още повече държеше под око Тримата. И все пак тези разговори не бяха достатъчни, за да предизвикат ума ѝ, да занимаят съзнанието ѝ.

Тогава Розали откри Другите. Деца с уникални способности в други части на света - и тя можеше да говори с тях.

Първо беше Бранди, тийнейджърка, която живееше в САЩ. След това започна да общува с Лачи, известен още като Момчето в кутията. Трети, но не и последен, беше Харуто, който живееше в Япония. Харуто беше най-младият от всички. И трите деца имаха способности. А тя беше единственият свързващ елемент.

Засега Лия я държеше свързана с Алфред и Е-З, но скоро щеше да й се наложи да им разкаже всичко за останалите.

Розали потрепери, когато обслужващият персонал пристигна с храната й. Червено желе. Нейното любимо. Тя изяде първото, след като го заля с малко сметана. Сметана, която трябваше да отиде в кафето й.

В главата си тя благодари на момичето, което донесе храната, защото Розали не можеше да говори. Тя не можеше да говори. Единственият й начин да общува беше в ума й...

Да извика Тримата да я посетят в Резиденцията за възрастни хора не изглеждаше като най-подходящото нещо. Засега щеше да остави Лия да я пази в тайна, а тя щеше да си води бележки за Бранди, Лачи и Харуто и да ги запише в книга.

Щеше да се наложи да я скрие, от архангелите. Щеше да води тайно досие. Нямаше да изгуби следите на тези деца, независимо от всичко.

„Ооо!" - възкликна тя и посегна към горното чекмедже на нощното шкафче до леглото си. Тя си спомни за един подарък. Тефтерче, На лицевата страна пишеше: „Честит рожден ден!".

Тя надраска първите няколко страници. Без да произнася истински думи, а когато стигна до тринадесетата страница. Тринайсет за нея винаги е било щастливо число, тя започна да пише за Бранди, Харуто и Лачи. Имаше толкова много за писане. Когато ръката ѝ я заболя, тя спря, погъделичка я за малко и се върна към писането.

Розали се чудеше дали има и други деца освен тези три нови. Ако изчака малко, може би и те ще й проговорят. Щеше да е по-добре да разкрие тайната си, когато всички деца се бяха разкрили.

Розали внимаваше да не напише „Секретно" или „Лично" от външната страна на книгата. И се радваше, че книгата не е снабдена с ключ. Тези три неща щяха да накарат всеки, който види тетрадката, да поиска да я прочете. Щеше да стане любопитен като котка. Имаше много хора на нейната възраст, които бяха любопитни. Но те нямаше да искат да четат, след като видят първите тринайсет разхвърляни страници.

Тя прелисти до края на книгата. Розали запълни последните тринайсет страници с още по-разхвърлян почерк. След това върна книгата и химикалките обратно в чекмеджето и го затвори.

Тя се усмихна, облегна се на възглавницата и отпусна ръка, мислейки за вечерята. Най-вече за десерта.

ГЛАВА 16

КЪДЕ ЩЕ ЗАСТАНЕТЕ?

Имаедин свят, в който живеем, свят, който е изпълнен както с добри, така и с лоши хора. Един свят, управляван от човешки същества, които са дефектни и несъвършени. Хора, които не са роботи... Не са програмирани да бъдат добри или лоши.

Ние се учим в живота си, от това, което виждаме, което забелязваме, на което ни учат и в което се превръщаме.

Ние се учим от основите, които са ни били поставени. Докато растем и разширяваме хоризонтите си, трябва да правим избори.

От нас зависи да приложим наученото знание. Да избираме между грешното и правилното.

През вековете велики хора са били заблуждавани. Велики и могъщи хора. Дори възрастни.

Понякога решението е лесно. Без сиви зони. Понякога има сили, които са извън нашия контрол и ни водят. Други ни подтикват да следваме техния етичен кодекс. Понякога има неочаквани елементи.

Да речем, че сме на път и някой ни поставя преграда. Можем да я свалим или да спрем и да изчакаме човекът да я премахне. Можем да изберем.

Животът е свързан с избор. Изборите, които правим, могат да ни подредят за цял живот. Ние следваме този път, като тухлите са подредени от нашите добри решения.

Или можем да се оставим да бъдем отклонени от правия път. Измамени. Да се подведем и да се противопоставим на това, което знаем, че е вярно.

Когато това се случи, всичко може да се срине - като домино.

И ще има последствия за нашите действия - или бездействия. Не само за нас самите. Това, което правим, се отразява на другите.

И в крайна сметка, след като умрем, всички ние сме хванати и държани в прегръдките на нашите Ловци на души.

Фуриите - три зли богини - поемат контрола над ловците на души.

Ловецът на души бива завладян.

Душите летят наоколо без дом.

Души без дом.

Хаосът е на хоризонта.

Къде ще застанете?

ГЛАВА 17

РОЗАЛИ В БЯЛАТА СТАЯ

Розалиотвори очи. Беше време за хранене и тя беше поискала поднос за закуска. Стаята й се намираше по пътя към трапезарията. Когато пренесоха храната там, тя усети миризмата на бекон. Устата й се свиваше. И кафето. Тя изчака реда си. Нямаше друг избор, освен да чака реда си.

Знаеше, че предпочитат да хранят обитателите в трапезарията. Разбираше необходимостта да се придържат към графика. И все пак знаеше, че в крайна сметка ще стигнат до нея. Винаги го правеха в старческия дом, в който живееше.

Наблюдаваше кардинала на дървото пред прозореца и се замисли дали да не стане от леглото, за да го разгледа по-отблизо. Но когато отметна завивките и стъпи на килима - почувства се странно. Размито.

И се озова в Бялата стая.

Нищо не се беше променило, откакто Е-3 беше там. И на Розали не ѝ отне много време да си стъпи на краката и да започне да я изследва.

Докато прокарваше пръсти по рафтовете с книги, тя имаше усещането за дежа вю. Била ли е в тази стая преди?

Тя се придвижи до центъра на стаята и се обърна. Рафтовете с книги продължаваха и продължаваха. Докъдето погледът стигаше. Височината им я накара да се почувства замаяна и ѝ се прииска да седне и да си поеме дъх.

БИНГО

Появи се удобно кресло и тя падна на него. Облегна се назад, после разбра, че има колелца и може да се върти, и го завъртя. И го завъртя. После затвори очи и си почина. Радваше се, че все още не е закусила, тъй като стомахът ѝ се сви, когато над нея нещо се раздвижи.

Или пък си го беше въобразила.

„Ти си там!“ - извика тя, сочейки към нищо и никого. „Видях те да се движиш, ти, ти, ти, малкият... какъвто и да си, излез, излез“, подкани я тя.

Реши, че си е въобразила; върна се да изследва обстановката. И се зачуди как се е озовала на това място.

„Върнах ли се в стаята си, представяйки си, че съм на това място?“ С ноктите си се вкопчи в подлакътниците на стола. Наблюдаваше как те издраскват следи в кожената повърхност. Следите бяха леки драскотини, достатъчно леки, за да бъдат премахнати с малко търкане. В края на краищата тя беше гост, а гостите винаги трябва да се грижат за мястото, което посещават. В противен случай няма да ги поканят отново.

Над нея нещо отново се раздвижи. Този път то беше придружено от звук на размахване на крила. Дали някоя птица е попаднала в капан там, без да може да излезе?

„Идвам, мъниче - каза тя, стана и тръгна към стълбата.

Дървената конструкция, сякаш можеше да чете мислите ѝ, се търкулна по пода и спря в краката ѝ.

„Качи се!“ - каза тя.

Розали го направи и едва когато се премести сама, разбра, че нещото ѝ е проговорило.

„Благодаря ти“, каза тя, когато то спря.

„Няма за какво - каза стълбата. „Търсиш ли някоя конкретна книга?“

Розали се засмя. „Струваше ми се, че чувам птица. Шшшш.“

Стълбата се засмя. „Тук няма птици, госпожо. Звукът, който чувате, идва от книгите.“

„Книги с крила?“ „Да“, отговори стълбата. После: „Ти там! Ела тук!“

Розали наблюдаваше как една дебела черна книга се избута до ръба на рафта. След това от предната и задната ѝ част израснаха крила. Тя полетя надолу и се приземи в ръцете на Розали.

„О, Боже!“ - каза тя, като погледна гръбнака. „Мисля, че вече съм я чела.“

ДУИНГ.

Книгата се изтръгна от ръцете ѝ и се върна на първоначалното си място на рафта.

„Съжалявам - каза Розали. После към стълбата: „Надявам се, че не съм обидила господин Дикенс“.

„Ако вече сте приключили с мен - каза стълбата, - мога ли да ви предложа да слезете?“

„Съжалявам, че ви загубих времето“, каза тя.

„Не е така. Радвам се, че мога да ви бъда полезна.“

Розали слезе и стълбата се задвижи към другата страна на стаята.

Розали опипа челото си, не, не беше трескава. Нивото на кръвната ѝ захар сигурно беше паднало твърде ниско. А сега нямаше да може да се храни, не и в продължение на часове. И онази крадла Агнес Линдзи щеше да ѝ открадне закуската. Щеше да се промъкне в стаята ѝ и да изяде всяка частица от нея. Когато придружителите се върнат да вземат подноса, ще си помислят, че Розали го е изяла. Розали и Агнес бяха заклети врагове.

За да отвлече мислите си от къркорещия си стомах, Розали се съсредоточи върху книгите. По-специално една книга. Книга, която обичаше да чете отново и отново, когато беше малка. Наричаше се „Анн от Зелените Гейбълс" от... Не можеше да си спомни името на автора.

„Луси Мод Монтгомъри" - каза стълбата, докато се движеше към нея. „Скочи един", каза тя.

„А, благодаря за предложението, но съм прекалено гладна, а може би и прекалено замаяна, за да се кача на теб".

„Седнете - каза стълбата, - там." Тогава стълбата изсвири и високо на рафтовете една книга се придвижи напред. На предната и задната ѝ страна израснаха крила и тя полетя в ръцете на Розали. Тя я притисна до гърдите си.

„Благодаря ти“, каза тя.

„Това ли е всичко?“ - попита стълбата.

„Да, освен ако нямате допълнителен чифт очила за четене, скрити някъде в тази стая.“

БИНГО.

Очилата се появиха и седнаха идеално изправени на носа ѝ.

Стълбата се върна на предишното си място.

Глезените на Розали я боляха.

БИНГО.

Под краката ѝ изскочи стоеж.

Тя отвори книгата. Вътре имаше скица на съименницата на книгата Ан Шърли. Тя прокара пръст по очертанията на червената коса на малкото осиротяло момиче.

Анна намигна на Розали. Тя примигна, а после се усмихна в отговор. Беше чувала за интерактивни книги и преди, но тази беше нещо повече!

С трепещи ръце тя разгърна картата на Канада, Очите ѝ проследиха стрелките, които водеха към остров Принц Едуард. В съзнанието си тя измина разстоянието - стигна до Грийн Гейбълс. Пред къщата бяха семейство Кътбърт. Чакаха Ан.

Тя отгърна страницата и започна да чете. Смееше се на всяко затруднение, в което Ан изпадаше.

Тогава стомахът на Розали се сви и тя си пожела нещо много неприлично на закуска. Салата от желирано мляко. Нещо, което майка ѝ правеше в специални случаи за нея, когато беше малко момиче. Любимата ѝ част беше битата сметана отгоре.

БИНГО.

Пред нея имаше салата от желирана дъга, напластена отгоре с лъжичка бита сметана. Тя си помисли, че лъжицата и

БИНГО.

Появи се една. Но после си спомни как майка ѝ и баща ѝ се караха, ако първо изядеше десерта си. Тя си помисли за картофено пюре. Гореща пара с разтопено масло отгоре. А и кюфте с кетчуп. И грах, току-що откъснат от градината.

БИНГО.

Пред нея имаше огромна купа с картофено пюре. Маслото се разтапяше по стените. Това беше произведение на изкуството. Изглеждаше почти прекалено хубаво, за да се яде.

До нея имаше квадратче кюфте с кетчуп отгоре.

А в отделна купа - грах. Със стръкче мента отгоре.

Тя се усмихна. Като малка не обичаше да докосва хранителните си продукти. В тази стая готвачът знаеше какво й харесва.

Но готвачът беше забравил да й даде прибори за хранене. Тя си представи нож и вилица.

БИНГО.

Те също пристигнаха. Тя яде жадно. Внимавайте да не повреди „Анн от Зелени Гейбълс“. Книгата, почувствала нужда от защита, полетя нагоре и увисна във въздуха, където Розали можеше лесно да я достигне.

Розали изяде всичко, включително салатата от желе, която се поклащаше на лъжицата.

Когато свърши

БИНГО

чиниите, приборите за хранене и т.н. изчезнаха.

След няколко мига на благодарност за храната, която й бяха дали, тя вдигна поглед към книгата.

Ако летеше към нея, и тя продължи да чете.

Четене и чакане.

Какво или кого чакаше - тя не знаеше.

ГЛАВА 18
CHARLES DICKENS
(ЧАРЛС ДИКЕНС)

В град Лондон, Англия, от небето пада метален контейнер.

Самият контейнер не беше дълъг или подобен на силоз. Всъщност най-много приличаше на капсула. Разликата беше, че този предмет беше с квадратна форма и нямаше прозорци. Вместо прозорци, той беше огледален от всички страни. Освен това, тъй като беше плосък, когато се удари във водата, той се плъзгаше по нея с огромна сила. Той се приземи на брега на река Темза.

Двама детектори, които се казваха Джон и Пол, наблюдаваха как всичко това се случва. И двамата бяха на около тридесет години. Те си изкарваха прехраната с детектиране. Поради това те се смятаха за професионални детективисти.

Работното време на детекторите беше различно. Те бяха самостоятелно заети и отговаряха за поддръжката и управлението на инструментите си.

Един детектор се нуждае от много инструменти. Той не искал да излиза на разкопки неподготвен. Повечето носеха навсякъде със себе си кутия с инструменти. Вътре се намираха основните предмети. Да споменем само няколко: слушалки, дъждобрани, колани, инструменти за копаене, мистрии, колан за инструменти, престилка (с джобове,) водоустойчив калъф, раница, торба за боклук.

Повечето от разкопките на Джон и Пол бяха в Лондон, на брега на Темза. Както се изисква от закона, те носеха разрешителни Standard и Mudlark. Те бяха издадени от пристанищните власти на Лондон.

Разрешението им позволяваше да копаят на дълбочина до 7,5 см, ако е необходимо (стълбата беше необходима, независимо дали възнамеряваш да копаеш, или не).

В случая с квадратния предмет - който се беше приземил пред тях - трябваше да се вложи известна мисъл. Преди да го донесат и да предявят претенции към него.

„Искаш ли да погледнеш отблизо?" Пол попита.

Джон, който не говореше много, кимна.

Те се запътиха напред с инструменти в ръка. Ботушите им тип „уингтън" се клатушкаха и хлътваха, като с всяка стъпка изтласкваха кал и вода. Брегът на реката често беше много кален, след няколко дни непрекъснат дъжд.

„Иск!" Пол каза.

„Достатъчно справедливо" - каза Джон.

Въпреки че и двамата го бяха видели по едно и също време, той знаеше, че това е заяждане и от негово име. Бяха партньори, винаги са били и нищо нямаше да промени това.

Двамата се запътиха напред, докато стигнаха до него. Беше като квадратна огледална топка и когато се опитаха да я разгледат, единственото, което видяха, бяха собствените си отражения в нея.

„Имам нужда от подстригване" - каза Джон.

Пол се изсмя, докато докосваше страната му с пръста на ботуша си. „Трябва да има начин да се отвори" - каза той.

„Твърде голяма е, за да се преобърнем" - каза Джон, докато вадеше от джоба си рулетка и измерваше височината на едната страна. Той показа резултатите на Пол, които гласяха: 60 сантиметра.

Двамата заобиколиха обекта. Спираха, за да почукат, почукат от време на време. Внимаваха да не сложат мръсни пръстови отпечатъци върху огледалния обект. Но се надяваха, че ще докоснат таен бутон и ще го отворят.

И се вслушваха. За да се уверят, че не тиктака.

„Може би трябва да го занесем в музея или да съобщим за откритието си?" Пол предложи.

„Ще изпратят камион или кран, за да я вдигнат и транспортират. След като сапьорите я огледат."

Джон поклати глава.

„Ако изпратят сапьори, ще го взривят. Навсякъде ще има счупени стъкла и претенциите ни ще бъдат безполезни".

„Вярно, вярно“, каза Пол. „Тези момчета обичат да взривяват неща. Искам да кажа, че това е предимство, нали?“

„Мисля, че е така. Какво трябва да правим сега? Той не тиктака. В това отношение сме наясно.“

„Да, няма нужда от отряда“ - каза Пол. Той заобиколи обекта, с ръце зад гърба си. Това беше неговата мисловна походка. Джон вървеше след него, като следваше стъпките му, с ръце зад гърба.

Пол каза: „Трябва да разберем какво е това и на колко години е. Според Закона за съкровищата от 1996 г. трябва да претендираме само за определени неща. Не прилича на злато или сребро и определено не изглежда на повече от триста години. Тази находка може да е наша и само наша, т.е. може да не се наложи да я докладваме на местния служител за връзка с находките (FLO).

„Определено не е злато или сребро - каза Джон, почука по металния предмет и се заслуша. Звучеше кухо. Той го почука на няколко места и се заслуша.

Над тях се появиха две светлини.

Едната беше зелена, а другата - жълта.

Те се приземиха на върха на предмета.

„Шу!" Пол каза.

„Дали не сме полудели?" Джон попита, чешейки се по главата.

„Не мисля така", отговори Пол.

Светлините се вдигнаха и заплуваха наоколо. Двамата паднаха в подножието на контейнера. След като се установиха, светлините го повдигнаха и го задържаха на място. Секунди по-късно той започна да се върти, отначало бавно, после се ускори. Скоро той се завъртя с голяма скорост. Докато се въртеше, то започна да пее на висок глас.

Детекторите паднаха на колене и закриха ушите си с ръце. Телата им се свиха от гадене, което не приличаше на морска болест. И много се страхуваха.

„Какво става?!" Джон изкрещя.

„Мисля, че нещото се излюпва!" Пол отговори.

Докато контейнерът падаше на земята, пулсираше. Разклати се. Разтрепери се. Докато огледалната кутия зееше отворена, част от нея се спусна като подвижен мост върху тревистия бряг на реката.

Те зачакаха, гледайки през пространството между пръстите си. Вече не се интересуваха от това да претендират за вещта. Вече не се интересуваха от стойността му.

Излезе едно младо момче.

„Това е дете - каза Пол и се изправи.

Джон също се изправи и сложи ръце на хълбоците си.

„Чакай - каза Пол. „Той е облечен като едно от онези деца от „Оливър Туист“.

„Аз съм прероден“ - възкликна момчето, нахлупи шапката си, после я върна на главата си. Протегна се, прозя се и се вгледа в обстановката. „Виж, там! Сградите на Парламента. Променили са се, откакто ги видях за последен път. И слушай - каза той, когато часовникът удари веднъж, два пъти и три пъти. „Защо са сложили Голямата камбана в клетка?“ - попита той.

„Какво имаш предвид клетка? И тя се казва Биг Бен - каза Пол. „И защо си облечен по този начин? На парти с костюми ли ходиш?“

Момчето потупа предната част на жилетката си. Провери дали жилетката му е напълно закопчана и дали крачолите на панталона му са напълно спуснати. Беше свикнал да носи повече къси панталони, а по-дългите винаги искаше да привърши. На главата му имаше шапка, която той свали, преди да заговори отново.

„Знаеш ли пътя до Портсмут? - попита той. „Майка и баща ще се тревожат за мен".

Детекторите се спогледаха, но никой от тях не проговори. За пръв път в живота си те бяха безмълвни.

„Тръгвам си", каза момчето и отново сложи шапката си.

ПОП.

ПОП.

Хадза и Рейки пристигнаха и блокирани полетяха точно пред очите на момчето.

„Чарлз Дикенс, трябва да останеш с тези двама мъже. Те ще те отведат там, където трябва да бъдеш. Трябва да бъдеш с Е-З."

„Какво казаха те?" Джон потърка ушите си. „Мисля, че полудявам."

„Казаха, че той е Чарлз Дикенс. Чарлз Дикенс! И ние трябва да му помогнем да стигне до Е-З, който и да е той, когато е вкъщи", отвърна Пол.

Чарлз Дикенс. ТОЗИ Чарлз Дикенс. Иначе известен като далечен роднина на Е-З и Сам...

- Накриви шапката си към двете приказни същества. „Веднъж имах една книга с фея на корицата от Грим. Познавате ли го?" - попита той.

Хадза и Рейки се захилиха, след което изчезнаха.

ПОП

POP.

Чарлз Дикенс нахлузи отново шапката си: „Отивам в Портсмут." Той започна да върви.

„Не, не си" - казаха в един глас детекторите.

„Разбира се, че съм", каза той.

„Портсмут е на дълъг път" - каза Джон.

Зад тях огледалният куб започна да се клати и да дрънчи. След това проговори: „Този кибус autem speculatam ще се самоунищожи след 5, 4, 3, 2, 1, 0".

Детекторите паднаха на земята, като закриха главите си с ръце.

ПУФ.

И то изчезна.

„Уф!" Дикенс каза. После посочи към Лондонското око. „Какво, по дяволите, е това?" - попита той.

Детекторите се затичаха пред Чарлз. Водеха и разчистваха пътя. Подобно на двама футболни защитници те го пазеха. Избягваха велосипеди, пешеходци и бездомни кучета. Насочваха го към други пътеки, за да избегне трамваи, таксита и скутери.

„Нарича се Лондонското око и от него се виждат километри нагоре.“

„Има ли шанс скоро да хапнем нещо?“ Чарлз попита, като разтриваше стомаха си.

„Защо не дойдеш при нас и първо да изпием по чаша чай?“ - попита Пол. „Майка ми прави страхотен чай и може дори да добави една-две бисквити.“

„Звучи ми добре“, каза Дикенс. „След това ще трябва да се прибера вкъщи. Майка ми ще се чуди къде съм. Не бива да оставам навън до късно, а като се има предвид къде е слънцето, очаквам скоро да залезе.“

Когато наближиха градините на манастира, Дикенс забеляза една табела. „Виж тук“, каза той. „Тук е написано името ми.“

Джон и Пол погледнаха Чарлз Дикенс.

„Какво?“ - каза той.

„Ти ще бъдеш най-известният британски автор на всички времена“ - каза Джон. „А Оливър Туист е един от най-известните ти герои“.

„Така ли е?“ Чарлз попита.

„Така е“, каза Пол. „И не искам да те обидя или нещо подобно, но, знаеш ли, Уилям Шекспир също е доста известен“ - каза Пол.

„Шекспир е бил драматург. Аз ли съм писал пиеси?“ Чарлз попита.

„Не, ти си писал романи. Е, тогава може би си бил прав.“

Пристигнаха в дома на Пол: „Мамо, това е Чарлз Дикенс“, каза той.

Тя беше в кухнята, носеше пини (престилка) и избърса ръцете си в предната ѝ част, преди да подаде ръка на Чарлз.

„Имаш ли връзка с Чарлз Дикенс?“ попита майката на Пол.

„Радвам се да те видя отново“ - каза Джон, като смени темата. „Мога ли да бъда толкова груб и да помоля за чаша чай с малко хляб и масло?“

„Влезте и седнете, аз ще донеса“, каза тя и ги изгони от кухнята си.

Те се настаниха в предната стая. Пол седна близо до прозореца, за да може да гледа навън през мрежестите завеси.

Междувременно Джон и Пол мислеха по подобен начин. Как са открили Чарлз Дикенс и как биха могли да изкарат малко пари от това.

Пол потърси: Кога е починал Чарлз Дикенс? Отговор: 1870. Той показа екрана на Джон.

„Защо искахте да отидете в Портсмут?" Джон попита.

„Живеех там" - каза Чарлз.

„Имаш ли още някакви книги", попита Пол. „Имам предвид книги, които все още не сте публикували?"

„Не знам", каза Чарлз. „Написал ли съм много книги?"

„Да, със сигурност си написал Чарлз", каза Джон.

„Има ли добри?" Чарлз попита.

„Прочетох „Оливър Туист", когато бях момче, и „Големите надежди" също. Отлични, но малко дълги за моя вкус" - каза Пол.

„Коледна песен" беше добра - каза Джон, - „Не прекалено дълга и с отличен урок".

В стаята цареше тишина в продължение на няколко минути.

„Трябва да намеря този Езекил Дикенс - или както е известен на приятелите си Е-З", каза Чарлз. „Не знам откъде знам това, но мисля, че той живее в Америка". Той се прозя ад едва успя да задържи очите си отворени.

Майката на Пол влезе, носейки поднос, пълен с лакомства. Всички хапнаха до насита и скоро Чарлз заспа на стола.

„Ах, мъничето спи здраво", каза майката на Пол, докато го покриваше с одеяло.

„Толкова е малък", каза тя.

„Но той е един от най-великите писатели".

Джон се намеси: „Писането е в кръвта му, така че може би един ден ще стане велик писател".

Майката на Пол се засмя, след което се качи горе в стаята си, за да гледа малко телевизия.

Междувременно Пол и Джон обсъждаха какво да правят с Чарлз Дикенс.

„Жалко, че не можем да го задържим", каза Джон.

„Е, не мисля, че музеят ще го приеме", каза Пол.

Двамата се съгласиха да направят някои проучвания за Чарлз Дикенс в интернет.

ПОП

POP.

Джон и Пол гледаха напред, сякаш бяха заспали. Въпреки че бяха на голямо разстояние. Хадза и Рейки им изпяха една песен, която звучеше по следния начин:

„Чарлз Дикенс е само момче.

Той не е играчка на детектора.

Помогнете му да намери братовчед си в САЩ.

Направете го на сутринта или ще ви накараме да си платите!“

Тази песен се въртеше в главите на Джон и Пол, докато не разбраха какво трябва да направят.

„Ще намерим Е-З Дикенс“, каза Пол.

„Да, това е правилното нещо, което трябва да направим“, каза Джон.

ПОП

POP.

И те си тръгнаха.

ГЛАВА 19

РОЗАЛИ Е ОТЕГЧЕНА

На **Розали** й беше омръзнало да чете „Анн от Зеления бряг". Колкото по-възрастна ставаше, толкова по-трудно й беше да се концентрира върху едно нещо за дълго. Тя свали очилата си и си пожела да има лавандулова маска, която да покрие очите й.

БИНГО.

Мека маска с летящ аромат на лавандула блокираше светлината и успокояваше уморените й очи.

„Сякаш тук има вълшебен джин!" - каза тя, след което затвори очи и се унесе в сън.

Когато се събуди малко по-късно и свали маската си, тя отново беше в леглото си в старческата резиденция. Дали беше луда, или беше предприела пътешествие в съзнанието си?

Розали се чувстваше малко студена, вероятно заради студената стерилна среда, в която пребиваваше. В определени моменти от деня температурата се понижаваше.

В тези моменти тя забелязваше, че обитателите са в стаите си, а присъстващите се прибират. Тъй като работели усилено, те не забелязвали студа. Не както правеха възрастните хора, които не правеха нищо.

БИНГО.

Най-долното чекмедже на армоара ѝ се отвори и мекият ѝ и пухкав червен пуловер полетя към нея. Той се стабилизира, докато тя вкарваше ръцете си в него. Тя се сгуши, усещайки топлината му, докато нещото се закопчаваше.

„Това е доста странно събитие" - каза тя.

Седеше тихо и си мечтаеше за чаша горещ чай с много захар и мляко.

БИНГО.

На близката маса пристигна красив чайник с цветя по него. Когато чаят се запари, тя се изсипа в подходяща чаена чаша, добави две бучки захар и струйка мляко.

„Три бучки, моля - помоли Розали.

Беше добавена трета бучка.

Чашата с чай върху чинийка се понесе към нея.

„Какво ще кажете за една или две бисквити от къс хляб?" - попита тя.

Чашата спря във въздуха.

БИНГО.

Сега върху чинийката имаше две бисквити.

„Забравихте чаена лъжичка!"

БИНГО.

„Благодаря - каза тя, като все още се чудеше дали не халюцинира и/или не губи ума си.

Все пак чаят беше горещ, но не прекалено. Сладък, но не прекалено сладък. И се съчетаваше чудесно със сладкиша.

Когато изпи и последната капка от чашата, тя се задоволи с

BINGO

Тя изчезна от ръката ѝ.

Тя се зачуди колко ли дълго ще продължат тези магически трикове или трикове на въображението ѝ. Докато траеха, тя щеше да им се наслади докрай.

„Чакай малко!"

Тя си спомни за книгата. Онази, която не искаше никой да може да прочете.

„Можеш ли - попита тя въздуха, - да я поправиш така, че другият, който може да прочете моята книга, да я прочете". Тя посегна към чекмеджето и го вдигна. „Така че единствените, които могат да я четат, освен мен, са Лия, Алфред и Е-З. Никой друг. Ако някой друг я намери и прелисти страниците, всички те ще бъдат празни".

Тя изчака знак. Или шум, но такъв не дойде.

Тя върна книгата в чекмеджето, обърна се и отново заспа.

POP

POP

„Спя ли още?" Хадз попита.

„Мисля, че да. Тя хърка!"

„Внимавай да не я събудиш. Но трябва да я заведем на борда - искам да кажа, официално."

„Архангелите й дадоха сили, за да наблюдава Лия, Е-З и Алфред. Те знаят за нея - припомни Рейки.

„Това е вярно и тя ще бъде лоялна към тези деца. И към останалите. Архангелите не знаят подробности за тях - и мисля, че така е по-добре".

„Съгласен съм. И така, какво трябва да направим. За да стане така?"

„Розали", прошепна Хадз директно в лявото ѝ ухо. „Ти искаш да помогнеш на Лия, Е-З и Алфред, нали?"

„Да", изръмжа Розали.

Рейки заговори. „А какво да кажем за останалите? Искаш ли да ги защитиш? Дори от архангелите?"

„Да", отговори Розали.

„Много добре", каза Рейки. „А сега нека да дадем тласък на паметта ѝ. Не искаме тя да забрави какво се е съгласила да направи, нали?".

Хадза и Рейки изпяха една песен,

„Спомените са красиви неща.

Които се носят наоколо като пръстени дим.

Назад и напред, напред и назад

Нека спомените на Розали я държат на прав път.

Магия, магия във въздуха и в морето

Свързваща договора ни с Розали."

POP

POP

Хадза и Рейки си бяха отишли, а скъпата стара Розали хъркаше.

ГЛАВА 20
COUSINS

Насутринта в Англия, докато чайникът кипеше, Джон и Пол се приготвяха. Компютърът беше включен, а търсачката - отворена.

„Ще направя чая", каза Джон.

„Ще започна да пиша", каза Пол, докато въвеждаше Езекил Дикенс в лентата за търсене. „О", каза той. „Сега това беше неочаквано."

Джон пристигна, носейки поднос с чай, бучки захар в купичка, горещ препечен хляб с масло, с бурканче мармалад отстрани.

„Намери ли нещо - попита той.

„Погледни това" - каза Пол, завъртя екрана и разбърка бучките захар в чая си.

Това беше уебсайтът на супергероите на Тройката. Те гледаха как Е-З се представя, последван от Лия и Алфред.

„Това законно ли е?" Джон попита. „Изглеждат като трима герои от анимационната мрежа".

След това започна възстановката на спасяването на влакчето в увеселителен парк. Пол натисна ПАУЗА. Той отвори друг прозорец. Въведе в Увеселителен парк спасителна операция E-Z Dickens. Появи се вестник със статия за това. „Това е законно" - каза той.

„Значи роднина на Чарлз е супергерой?"

„Мислиш ли, че изобщо си приличаме?" Чарлз попита. Той все още беше полузаспал в огромната пижама, която му бяха дали да спи. Той взе една препечена филийка от чинията и я отхапа.

„И двамата имате носове като на Дикенс - каза Джон.

Чарлз се вгледа по-внимателно в спряната част на екрана.

„Въз основа на това кога сте се родили - каза Пол, като го гугълна, - през 1812 г. до сега, Е-З би бил ваш седми или осми братовчед по възходяща линия".

„Какво означава братовчед на разстояние?"

„Означава броя на поколенията между вас" - каза Джон.

„И така, моят прародител е супергерой. Какво е супергерой? Като в „Сър Гвен и Зеленият рицар" ли е?"

„Ах, спомням си, че го четох в училище, когато бях момче, да, рицарите и супергероите си приличат", каза Пол.

Джон превъртя надолу, за да види дали E-Z Дикенс не е споменат някъде другаде. В YouTube имаше клипчета, на които той играе бейзбол преди да бъде в инвалидна количка и след това.

„Той е доста добър атлет - каза Джон. „И спортува в инвалидна количка".

„Играта прилича на „Раундърс" - каза Чарлз.

„О, чакай, ето нещо за родителите му" - каза Пол.

Те прочетоха некролозите за родителите на E-Z, за злополуката, която е отнела живота им.

„Бедното момче", каза Чарлз. „Сега поне има брат на баща си Сам, който да се грижи за него."

„Защо просто не му звъннем?" Пол попита. Той отвори телефона си и набра информация.

Чарлз го гледаше през рамо, докато Пол говореше в него и женски глас отговори. „Имам нужда от чаша чай" - каза той.

Джон отиде в кухнята, за да му донесе един.

Междувременно Пол поиска номера на Езекил Дикенс в Северна Америка. След като набра номера и телефонът започна да звъни, Пол го пусна на високоговорител.

„Здравейте" - каза Сам.

Чарлз едва не изпусна чашата си с чай.

„Е, здравейте, казвам се Пол и се обаждам от Лондон, Англия. Бих искал да говоря с Езекил Дикенс, моля."

„Аз съм неговият чичо, мога ли да попитам за какво става въпрос?" Сам тръгна по коридора към стаята на Е-З.

Тримата гледаха някакъв филм на новия телевизор с плосък екран. Сам взе дистанционното и натисна бутона MUTE. След това включи телефона си на високоговорител.

„Честно казано, не съм много сигурен - каза Пол. „Не аз искам да говоря с него, ами..."

„Аз." Нов глас пое телефона. Глас на по-млад човек.

„А ти кой си?“ Сам попита.

„Казвам се Чарлз Дикенс.“

Сам подаде телефона на племенника си. „Той казва, че се казва Чарлз Дикенс.“

„Казах ти, че днес ще се случи нещо странно“ - каза Алфред.

„И аз - каза Лия, - но не знаех, че ще е свързано с Чарлз Дикенс!“

Е-З се поколеба, преди да каже: „Това е Е-З Дикенс, е, господин е, Чарлз. С какво мога да бъда полезен?“

Чарлз се засмя. Беше нервен смях. Той не знаеше какво да каже. Никога досега не беше разговарял с човек, който се намира на другия край на света.

„Върнах се“ - изригна той. „За да те намеря. Джон и Пол, моите приятели, са (той сключи ръка над телефона) - детектори...“

Е-Зи не беше чувал досега термина „детектористи“.

„Те използват апарати, за да намират неща - каза Алфред.

Пол пое темата. „Едно нещо е кацнало в реката. Чарлз Дикенс беше в него. Две светлини, една зелена и една жълта, ни казаха, че Чарлз трябва да се свърже с Е-З Дикенс".

„Какво нещо?" Е-З попита. „Беше нещо като силоз?"

„Джон е тук", каза нов глас. „Не, беше куб. Огледален куб."

Е-З притисна ръката си към телефона: „Не звучи като някое от онези неща от силозите".

„Ангелите ли ви изпратиха?" Лия изръмжа. каза: „Аз съм Лия между другото, а другият глас, който чухте, беше Алфред. Ние сме тук заедно с Е-З и Сам".

„Приятно ми е да се запозная с всички вас - каза Чарлз.

„На колко години сте?" Е-З попита.

„Около десет, мисля. Вярно ли е, че сме братовчеди?"

„Да", каза Е-З, „и чичо Сам също ти е братовчед."

„Ние сме свързани чрез пространството и времето", каза Чарлз.

„Е-З също е писател", каза Сам.

Е-З се разкрещя и бузите му станаха горещи.

Сам върна племенника си към реалността с лакът.

„Това е много за обработване, господин Дикенс, ама искам да кажа Чарлз. Ще трябва да планираме как да те докараме тук, или това, или аз мога да дойда при теб. Можеш ли да останеш с Джон и Пол за малко и ще се свържем отново, щом разберем какво да правим?“

Пол каза: „Да, мама казва, че Чарлз не е никакъв проблем. Той може да остане при нас толкова дълго, колкото иска.“

„Ще ти се обадя“, каза Е-З.

Телефонът прекъсна връзката.

„О, между другото - каза Сам, - на твърдия диск на Арден нямаше нищо полезно. Освен че потвърди, че са били заедно онлайн и са играли на мултиплейър игра със стрелба“.

„Добре е да се знае“ - каза Е-З. Това вече беше разбрал за себе си.

ГЛАВА 21

ПЛАНЪТ И РОЗАЛИ

В стаята му Е-З, Лия и Алфред заедно с чичо Сам обсъждат проведения разговор.

„Не мога да повярвам, че истинският Чарлз Дикенс ни се обади по телефона" - каза Сам.

„Да, но това, което не разбирам, е защо е тук. И за какво е дошъл тук", каза Е-З. „Искам да кажа, че е на десет години - помисли си той. И начинът му на придвижване звучи странно - огледална квадратна кутия. За какво, по дяволите, става дума?"

„Не звучи като космически кораб", каза Алфред, "Не че знаем как би изглеждал такъв."

„Чакай малко!" Лия каза.

Е-З я погледна. „Мислиш ли си това, което си мисля и аз?"

Тя кимна.

„КАКВО?" Алфред попита.

„Помниш ли, когато архангелите ни призоваха, за да ни кажат, че един от нас трябва да умре?" Лия попита.

Алфред и Е-З кимнаха.

„Помислете за контейнера. Сякаш отново сте се върнали в него и си спомняте за нещата, които намерихме. Документите, които намерихме?"

„Разбирам до какво стигаш. Имаш предвид информацията от другия свят. За живота ни в алтернативни измерения?" Е-З попита.

„Точно така", каза Лия.

Алфред подскочи нагоре-надолу на леглото.

„Какво?" Сам попита.

Е-З обясни, доколкото можеше.

„И така, нека да видя дали съм разбрал правилно" - каза Сам. „Всички ние имаме живот, който се развива, някъде другаде, освен тук. Имам предвид на Земята. Има други версии на самите нас, които живеят живот, различен от нашия. В отделни времена, в различни пространства, в различни измерения".

„Точно така", каза Е-З.

„Тогава можем ли да променим живота си?" Сам попита. „Имам предвид да променим резултата? Можем ли да попречим на ужасните неща да се случат?"

„Не мисля", каза Лия. „Но не знам доколко искат да знаем за другите измерения. Но от това, което Ериел ни каза, ние сме центърът. Всичко останало, което се случва, се върти около нас и живота, който живеем сега".

„Така че - каза Алфред, - това, че Чарлз Дикенс е тук, трябва да има нещо общо с Ериел и останалите".

„Да, това си мисля и аз", каза Е-З. „Но защо точно сега? Изпитанията са приключили. Това беше техният избор. И все пак изглежда, че не могат да ме оставят на мира".

„Да върнем Чарлз Дикенс. И то десетгодишна версия! За мен това няма никакъв смисъл - каза Лия.

„Може би, когато го срещнем", каза Сам, "всичко ще придобие смисъл."

„Не и ако е свързано с Ериел" - каза Е-З. „При него нищо не е ясно."

„Изглежда, че пътуването до Лондон е единственият начин да разберем това", каза Сам.

„Имам чувството, че не съм бил там толкова отдавна."

„Да, за теб е лесно да отидеш. Всичко, което трябва да направиш, е да насочиш стола си в правилната посока и да тръгнеш", каза Алфред. „Докато при мен има много енергия, свързана с цялото това махане, а и вятърът е фактор".

„Можеш да се качиш на самолет, ако чичо Сам тръгне с теб", предложи Е-З. „Всичко, което ще трябва да направиш, е да седнеш на мястото с другите пътници и да се наслаждаваш на пътуването."

Алфред свежда глава.

„Не го казвам, за да те накарам да се чувстваш зле. Само ти напомням, че всички сме в една и съща лодка".

„Разбирам. И ти благодаря."

Добре, а сега да се върнем към въпроса - добави Е-Зи. Той щракна с мишката върху телевизора и го изключи.

Лия се взираше напред, сякаш беше изпаднала в транс. „Розали!" - възкликна тя.

„Кой?“ Алфред попита.

Лия продължи да се взира в пространството.

„Лия добре ли е?“ Сам попита. „Тя едва диша.“

Лия се изправи. „Имам да ви кажа нещо. Запознах се с някого, не лично, а в главата си. Тя е в главата ми и от доста време разговарям с нея. Тя ме помоли да не казвам нищо - засега. Мисля, че това може да е свързано с цялата тази история с прераждането на Чарлз Дикенс“.

„Слушаме - каза Е-З, като се наведе по-близо.

„Името ѝ е Розали. Живее в дом за възрастни хора в Бостън - и е доста възрастна. Има деменция.“

„Не е ли това, което причинява загуба на паметта?“ Алфред попита.

Но в момента, в който Розали чу Лия да споменава името ѝ, тя се пренесе в съзнанието и в тялото си в стаята на Е-З. Тя се носеше над тях, като внимателно слушаше всяка дума, която се казваше. Прочисти гърлото си, за да види дали я виждат или чуват - не я чуваха. Искаше ѝ се да беше взела със себе си бележника и химикалката.

БИНГО.

И двете пристигнаха в ръцете й. Тя се усмихна и се зае да си води бележки.

„Искате да кажете, че вие двамата се свързвате - чрез ESP?“ Алфред попита. „Мислех, че съм единственият, който има ESP?“

„Това не е точно ESP, не мисля, че е така. Не и по същия начин, по който я имаш ти.“

„Как така?“ Алфред попита.

„Спомените на Розали са изчезнали. Повечето от тях, така или иначе. Тя дори не разпознава семейството си, когато й идват на гости. Те не я посещават често. Тя няма нищо против, тъй като не ги харесва. Но по някакъв начин ние се свързахме. И тя знаеше всичко за нас и за нашите сили. Тя се грижеше за нас, някак си.“

„Защо ни казваш това сега?“ Е-З попита.

„Защото тя каза, че е добре. И също така спомена за Бялата стая. Тя е била там не веднъж, а два пъти. Първия път се е върнала благополучно в леглото си - но не и този път. Казва, че сега е там и не я пускат да се прибере у дома“.

„Както и двамата знаете, аз съм бил в Бялата стая - каза той. „Това е мястото, където архангелите за първи път дадоха обещания и ми казаха, че ще мога отново да бъда с родителите си. В общи линии там, където ме доведоха на борда с помощта на изпитанията".

Сам се включи: „Веднъж Ериел ме отвлече в Бялата стая. Беше достатъчно приятно, поне отначало - докато не ми позволи да си тръгна".

„Да - каза Е-З, - Ериел е нетактичен. И е доста готино място. Получаваш каквото поискаш, като си го помислиш - като магията. И там има книги - книги с крила. Но не искам да навлизам в подробности тук - нека се съсредоточим върху Розали. Какво се случва сега?"

Розали се засмя, мислейки си какво ще стане, ако каже на Лия, че е на две места едновременно? Не, това може да ги изплаши. Тя разговаряше с Лия в главата си и покрай това изрече няколко бели лъжи.

„Тя казва, че се преструва на заспала. Спомня си, че две точки, една зелена и една жълта, плуват пред очите й."

„Хадз и рейки" - каза Е-З. „Кажи й да не се страхува от тях. Те са добрите момчета."

Ах - въздъхна Розали. После осъзна, че това може би е възможността, която е чакала. Да разкаже на Тримата за останалите. Тя помисли внимателно, после реши, че е време да сподели това, което знае.

„О, чакай, тя иска да ти кажа нещо“. Лия се взираше напред, докато гласът на Розали се лееше между устните ѝ: „Има и други като теб, виждала съм ги. Мисля, че затова съм тук.“

„Други като нас?“ Лия, Алфред и Е-З възкликнаха.

„Не съм сигурна колко трябва да им кажа за другите деца тук, в тази стая. Имате ли някакъв съвет за мен? Какво да кажа? Ще ме наранят ли? Ако им кажа за другите деца - ще ги наранят ли?“ Розали се обърна към Лия.

„За теб, Е-З“ - каза Лия като себе си.

„Първо изслушай какво имат да кажат те“, каза Е-З. „Те ще ти кажат какво вече знаят и след това ще можеш да решиш колко, ако изобщо има нещо повече, трябва да знаят.“

„Добър съвет“, каза Алфред. „Винаги бъди добър слушател. Особено когато те държат против волята ти на непознато място.“

Лия предложи: „Ще държа момчетата тук в течение, ако искаш да останем на линия - така да се каже“.

Розали заговори, използвайки устата на Лия като своя: „Трябва да запазя всичките си способности... така че засега ще кажа край и навън. Благодаря на теб и на бандата за помощта. Ще се свържа с теб, ако имаш нужда от мен, докато съм тук. В противен случай ще те информирам, когато се върна отново у дома, което ще стане скоро, тъй като ми липсва вечеря. Тази вечер е пуйка, картофено пюре и грах.“ Тя се поколеба. „О, и между другото, Лиа, това е хубав топ, който носиш.“

БИНГО.

„Благодаря - каза Лия и погледна надолу към тениската си, чудейки се откъде Розали знае какво е облякла.

„Какво?“ Е-З попита.

„О, нищо“, каза Лия.

Отново в Бялата стая. Розали си помисли, че бележникът ѝ ще е по-добре да бъде в чекмеджето на нощното ѝ шкафче.

БИНГО

И те бяха изчезнали.

БИНГО

Вечерята пристигна. Всичко й беше вкусно, но сега единственото, за което можеше да мисли, беше за ягодов гъст шейк.

БИНГО.

Той пристигна, а заедно с него и парче от пай с лимонова меренга.

Тогава пристигнаха Ериел и Рафаел.

„О, о - каза стълбата, докато те се носеха надолу към нея, изглеждайки така, сякаш бяха облечени за Хелоуин.

„Сънувам ли? Или съм мъртва?“ Розали попита.

„Нито едното, нито другото“, отговориха архангелите.

ГЛАВА 22

СРЕЩА И ПОЗДРАВ

„**Ти**продължавай напред и си дояж - каза Рафаел.

„Да, нямаме нищо по-добро за правене" - каза Ериел.

Докато я гледаха как се храни, Розали имаше проблеми с дъвченето. Имаше проблеми с вкуса. И изглеждаше по-студено. Тя погледна към рафтовете с книги, към стълбата. Имаше чувството, че тези двама непознати не са замислили нищо добро, когато сложи ножа и вилицата си.

„Преди всичко - започна Ериел, - този разговор трябва да остане между нас и само между нас."

В съзнанието си тя заговори на Лия. „Ти там ли си, дете? Слушаш ли?"

„...Изчезване."

„Съжалявам - каза Розали, - но бихте ли могли да започнете отново, имам предвид отначало? Аз съм стара и изгубих представа за това, което ми разказвахте“.

Ериел изпъшка. Като малко момче, на което са се скарали, той разпери криле и отлетя. Когато наближи върха на библиотеката, той скръсти ръце и зачака. Чакаше Рафаел да му даде ход.

Рафаел се наведе по-близо до Розали.

„Очилата ти са много хубави - каза Розали. „Но ме карат да се чувствам малко болен от морска болест с всичката тази кръв, която пулсира и плува наоколо.“

Ериел се засмя.

Рафаел свали очилата си и ги прибра в джобовете на черната си роба.

„Скъпа моя, Розали - изръмжа Рафаел, - моля те, не обръщай внимание на грубостта на моя учен приятел, но тук сме в ситуация. Ситуация, в която имаме нужда не само от твоята помощ, но и от помощта на E-3, Лия, Алфред и останалите. Знаеш за кого говоря, когато споменавам останалите, да?“

Розали кимна, без да казва нищо.

„Ние сме екип от архангели и силите ни са ограничени. Нещото, което се случва по целия свят, се случва с душите."

„Имаш предвид, когато хората умират?" Розали попита.

„Точно така."

„Но това не е ли по-скоро ваша област, отколкото наша? Говорила си с Бога - той те познава, нали? И ако се опитваш да оправиш тежко положение, защо да не го попиташ директно?" "Не, не.

Тъй като Рафаел и Ериел не говореха, Розали продължи.

„От това, което разбирам, след като човек почине, тялото му се погребва. Или се кремира. Душите им - ако съществуват - продължават да живеят на друго място."

След секунди Ериел се озова пред нея и изръмжа. „Това не е вярно.

Рафаел го избута настрани. „Всичко е по-сложно, отколкото предполагаш. Твърде сложно, за да го разберат повечето хора".

„Хората са доста умни - каза Розали. „Били сме на Луната, изобретили сме самолета, интернет, огъня. Аз не съм гений и въпреки това ти ме доведе тук, за да ме убедиш".

Ериел отново се засмя.

Този път Рафаел не можа да се сдържи и също се разсмя.

И се засмя. И се засмя.

Никой от двамата не можеше да се спре.

Розали не им обърна внимание. Игнорираше случващото се около нея. Стълбата, която се мяташе напред-назад, напред-назад. Книгите, които изскачаха, а после отново се връщаха. Беше толкова шумно. Толкова шумно. Тя отново копнееше за тишината в стаята си.

„Анн от Зелените Гейбълс", помисли си тя.

БИНГО.

Книгата беше в ръцете ѝ. Тя я отвори, намери една отметка и започна да чете. Ако имаха нужда от помощта ѝ, трябваше да се потрудят за нея. Сега, след като бяха обидили нея и цялата човешка раса, тя нямаше да ги улесни.

„Добре ти е - прошепна Лия в съзнанието на Розали. „Ти си отговорна. А аз съм тук с Е-З и Алфред и те подкрепяме".

Рафаел и Ериел все още се смееха. Извън контрол. Отскачаха един в друг във въздуха, като балони, закрепени един за друг.

Тогава тя си спомни, че паят ѝ с лимоново меренге още не е изяден. Тя остави книгата настрана, пъхна вилицата си в него и отхапа. Беше идеален. Нито прекалено сладък, нито прекалено тръпчив, точно както го правеше майка ѝ. Тя си взе още една вилица.

Над нея Ериел и Рафаел изпаднаха в истерия.

„Престани!“ Розали изкрещя. „Вие двамата сте най-грубите, най-отвратителните неща, които някога съм срещала. А съм срещала доста неприятни хора през живота си.“ Тя сложи вилицата си. „Нима не са ви учили на маниери? Каквито и да било маниери?“ Тя вдигна вилицата си и я насочи към тях.

Ериел полетя надолу. За секунди той беше върху Розали с отворена уста. Тя я забоде в лимоновата извара, след което я заби с вилицата в устата на архангела.

Изплю го, сякаш му беше дала арсеник.

„Майка винаги ме е учила да споделям - каза тя с усмивка.

Бледността на Ериел се промени от черна в зелена. След като повърна, той изчезна през стената.

„Предполагам, че не е почитател на пайовете?" Розали каза.

Лия се смееше в съзнанието на Розали.

Рафаел извади очилата си от джобовете на робата си, почисти ги и ги сложи обратно на лицето си. Тя седна до Розали. Беше толкова близо, че почти беше седнала в скута ѝ.

Горката Розали.

„ЗНАЕМ, ЧЕ ИМА И ДРУГИ И ТРЯБВА ДА ЗНАЕМ КОИ СА ТЕ И КЪДЕ СА - СЕГА!"

Докато тя говореше, лицето на Рафаел се изкриви, превръщайки се в нещо неузнаваемо.

Косата на Розали настръхна. Тялото ѝ се разтресе.

„Грубите хора никога не получават това, което искат, а ти, скъпа моя, си много груба. Както и приятелят ти", прошепна Розали.

Розали се върна към себе си, каквато беше преди.

Само че този път тактът на архангела се беше променил. И гласът ѝ беше сиропиран, когато каза,

„Ще премина през тази стена и ще се присъединя към Ериел. След пет минути ще се върнем и ще започнем отново. Нуждаем се от помощта ти - права си - и не я искаме по начина, по който би трябвало". След това се обърна към жената в стената: „Настройте таймера за пет минути." След това отново към Розали: „Когато таймерът прозвучи, ще се върнем и ще започнем отново." Както беше обещал, Рафаел се придвижи към стената и изчезна през нея.

Часовникът в стената тиктакаше шумно. Той изглеждаше не на място. Дори прекалено шумен за библиотеката.

„Много е дразнещо!" - каза стълбата, като се приближи.

„Извинявам се, за цялата тази суматоха - каза Розали. „Това, че съм тук, не ви е причинило нищо друго освен хаос".

„Харесваме те" - каза стълбата. „Защо не се раздвижите малко? Така ще се почувстваш по-добре."

Розали се изправи, очаквайки да се почувства уморена след толкова обилно хранене. Вместо това тя беше изпълнена с енергия. Особено краката й. Чувстваше се така, сякаш отново е на десет години. Тя направи един скок. Такова забавление!

„А сега - каза Розали - следващият й трик. Великата баба ще се опита да направи не едно, нито две, а три последователни колелета" - и тя го направи. „Благодаря, благодаря!" - каза тя, поклони се и махна с ръка, сякаш беше спечелила златен медал на Олимпийските игри.

BRRRIIIING.

Таймерът изтече. Пристигнаха Ериел и Рафаел.

Архангелите бяха облечени по различен начин. Сякаш отиваха на две различни партита.

Ериел носеше тъмен костюм на ивици, бяла риза и вратовръзка.

Рафаел носеше червена рокля, подобна на Муму, която покриваше изцяло тялото й от врата до петите.

„Чувствам се недостатъчно облечена - каза Розали.

БИНГО.

Сега тя носеше най-луксозната си рокля. Беше тази, която беше посочила, че иска да носи след смъртта си.

Тя падна на стола, като очите й бяха вперени нагоре. И архангелите се понесоха към нея. Крилата им се движеха като крила на пеперуда, докато я приближаваха с грация и красота. Очите й се насълзиха.

„С какво мога да ви помогна, скъпи?" Розали попита.

Сякаш сега те имаха власт над нея, власт, която тя не искаше да преодолее. Тя падна на пода, сега коленичила пред двамата архангели. Рафаел я докосна по дясното рамо, а Ериел - по лявото.

„Кажи ни това, което трябва да знаем", заръчаха те.

„Останалите са разпръснати" - каза тя, след което падна на пода като кукла без струни.

„Тя е твърде стара за това", каза Ериел. „Ако умре, тя няма да ни бъде от полза."

„Продължавай, работи."

поп.

поп.

Появиха се Хадза и Рейки, всеки от тях прошепна в ушите на Розали. Помогнаха ѝ да се изправи на крака.

„Махайте се оттук, вие, двама натрапници!" Ериел изкрещя с експлозивен глас,

Розали излезе от транса, в който я бяха поставили.

„Изчезвайте!" Рафаел възкликна и нямаше ПОП, вместо това звукът, който се чу, беше един

ПЛЮСКАНЕ.

Розали сложи ръце на хълбоците си: - Надявам се, че не сте наранили тези две скъпоценности. Всъщност, ако искаш да обмисля да ти помогна, тогава трябва да ги върнеш тук СЕГА, за да мога да видя, че са добре. Отказвам да ти кажа каквото и да било повече, докато не ги върнеш." Тя прекоси стаята, седна с гръб към бялата стена, затвори очи и зачака. Имаше цял ден, цяла седмица, цяла година. Не бързаше да бъде никъде или да прави каквото и да било.

ПОП.

ПОП.

„Благодаря - казаха Хадза и Рейки, докато седяха на раменете на Розали.

„Ние объркваме това" - каза Рафаел. След това към Хадз и Рейки: „Вие знаете в какво положение е Земята, можете ли да ни помогнете да постигнем помощта на този човек?"

Рейки каза: „Ние знаем, че има ситуация! Ако не се бяхте отказали от сделката с Е-З, Лия и Алфред, те вече щяха да са на борда. Розали не се доверява на нито един от вас".

Хадзъ каза: „И ти не си бил честен с нея."

Хадз каза: „При хората доверието и честността са всичко."

Ериел се втурна към тях.

Рафаел го задържа, преди да каже: „Допусната е грешка от наша страна и тази грешка има причина и следствие. Ние се опитваме да спасим Земята от съпътстващи щети. Единственият начин, по който можем да го направим, е да призовем онези, които са получили сили, свръхестествени, сили на супергерои. Без тях човечеството ще се провали - и това ще е по наша вина".

Розали се изправи. Тя погледна двете малки същества, които седяха на всяко от раменете й. „Мога ли да се доверя на тези двамата?"

„На Рафаел може да се вярва - каза Хадз.

„Но ние не сме сигурни в него" - каза Рейки.

ПОП.

POP.

И двамата изчезнаха, страхувайки се да не бъдат изпратени обратно в мините от Ериел.

Ериел се издигна, все по-високо и по-високо, после изчезна през тавана.

Розали смени темата. „Докато си мисля за това, можеш ли да ми обясниш какво е това място? Наричам го Бялата стая, но дали това е правилното име - и защо винаги, когато си пожелая нещо, то се появява? Може би се нарича Магическата стая?" В този момент Розали се сети за Е-З, ангела/момчето в инвалидната количка.

АСК.

Е-З пристигна.

„Уау!" - каза той, осъзнавайки, че се е присъединил към Розали в Бялата стая. Той се сети за слънчевите си очила и

PRESTO

Те бяха на лицето му. Разходи се из стаята, като отново усети краката си и пода. След това протегна ръка и каза: „Ти трябва да си Розали".

А ти трябва да си Е-З - каза тя, - без инвалидната си количка. Това място наистина е вълшебно!"

„И, здравей, Рафаел."

„Добре дошъл, Е-З", каза Рафаел. След това към Розали: „Толкова за дискретността - това трябваше да бъде поверително."

„Каквито и обещания да ти дава, тя ще ги наруши. Тя е безполезна в удържането на думата си - а Ериел е още по-зле, както и Офаниел - а ти дори още не си се запознал с нея. И все пак, да знаеш, че всички те са банда лъжци".

„Разбрах това" - призна Розали. „И той си тръгна, а Ериел се държи като разглезено дете".

„Щеше да ми се да видя това", каза Е-З. "Ама аз не го видях. „Звучи много не като за Ериел, но, човече, щеше да е страхотно да се види".

„Стига с тези сърдечности", каза Рафаел. „Предполагам, че нямам друг избор, освен да обясня ситуацията и на вас". Тя тупна с крака и крилете ѝ се спуснаха настрани в знак на недоволство. Обърна се към Е-З и Розали. „Светът се нуждае от спасяване поради грешка от наша страна. Искате ли вие и останалите да ни помогнете да поправим ситуацията - имам предвид да спасим Земята, или не?"

Розали и Е-З си размениха погледи.

„Вие продължавайте", каза тя. „Аз съм на борда на каквото и да решите."

Е-З не отговори веднага.

„Ако ми кажеш всичко, ще го предам на останалите и ще гласуваме. Ние сме демократична група."

„Колко време ще отнеме това?" Рафаел се изсмя. „И как ще се свържеш с мен? Може би трябва да държа Розали тук като затворник, докато го разбереш? Двадесет и четири часа ли ще са достатъчни?"

Розали каза: „Нямам нищо против да остана в тази стая. Има много книги за четене и мога да си поръчам всичко, което искам. Много по-интересно и вълнуващо е, отколкото да съм в дома".

Е-З кимна. На Розали той каза: „Благодаря ти и си права, че тази стая е доста специална. Тук ще бъдеш в безопасност." След това към Рафаел: „Розали няма да бъде твоя затворничка, всъщност тя ще бъде твоя гостенка". Една книга полетя от рафта и се приземи в ръката му. Това беше „Хари Потър и стаята на тайните“.

„Бих искала да я прочета“ - каза Розали. Книгата напусна ръката на Е-З и полетя към Розали. Тя я хвана, отвори я и веднага започна да чете.

„Розали ще бъде наша гостенка - каза Рафаел. „Тогава двадесет и четири часа?“

„Двадесет и четири часа“, съгласи се Е-З.

„Чакай!“ - изкрещя един глас. Глас без тяло. Глас, който отекваше и отекваше. Докато една книга не се размести от рафта горе. Тя се свлече към пода, докато крилата ѝ не се разпериха напред и не я спасиха от счупване на гръбнака.

Рафаел изглеждаше уплашен от гласа. Опита се да се отдръпне, но нещо я задържа.

Розали и Е-З изчакаха и се заслушаха.

„Рафаел не ви е казал всичко - каза гръмотевичният глас.

Въздухът сякаш вибрираше с всяка сричка, но по добър, мил и нежен начин, а не по страшния начин за края на света.

„Разкажи ни“, каза Е-З.

„Малко по-тихо - предложи Розали. „Аз съм стара, но не съм глуха, нали знаете!“

„Съжалявам", каза гласът. Той прочисти гърлото си. После прошепна: „Е-Зи Дикенс, помниш ли избора, който ти дадохме? Двата избора?"

Е-З ги помнеше достатъчно добре. Единият беше да остане в силоза завинаги. Спомените за семейството му се въртяха в цикъл. Другият беше да се върне към живота си с чичо Сам.

„Да."

„Кажи ми какво си спомняш за избора?" - попита гласът.

„Казаха, че мога да остана в контейнера и да изживея спомените за семейството си в цикъл или да се върна към живота си с чичо Сам."

„А ловецът на души? Какво от него?"

„Нищо", призна Е-З с вдигане на рамене.

Гласът изръмжа - сякаш говоренето сега му причиняваше болка. Рафтовете се разклатиха и неща се разхвърчаха във въздуха на случаен принцип. Първо се появи гигантска кисела краставичка. Зеленият предмет се завъртя по посока на часовниковата стрелка, после обратно на нея, след което изчезна.

След това над тях се появи огледална топка. То променяше цветовете си, докато се въртеше.

Когато се завъртя твърде бързо, те се уплашиха, че ще се разбие върху тях. Те се преместиха да се прикрият, но преди да успеят, топката изчезна.

След това се появи главата на клоун. Тя изплува пред тях и каза: „Какво е черно и бяло, и черно и бяло, и черно и бяло, и черно и бяло, и черно и бяло, и черно и бяло".

„Стига толкова!" - гръмна гласът.

„Съжалявам", каза Рафаел.

„Би трябвало да бъде!" Първият глас се разтрепери. После по-тихо, по-нежно, меко каза: „Е-З и екипът му трябва да знаят за Ловците на души - всичко. В противен случай няма да разберат сложността на пробива".

Гласът направи пауза за няколко секунди, след което продължи: „Ловецът на души улавя душите, когато човешкото тяло умре. Това е едно безкрайно място за почивка. Всички хора и всички същества имат съдове, в които да отидат. Нещото, което нарекохте силоз, е уловител на души. Място за покой за цяла вечност."

„Добре", каза Е-З. „И какво общо има това с края на света?"

„Искам да видя моя душеприемник", каза Розали.

„Ако ти и твоите приятели не направите НЕЩО, никой няма да има Ловец на души. Когато тялото ти умре, ти ще умреш. Това е всичко. Край на. Твоята душа и душите на всички останали няма да има къде да отидат, а когато една душа няма къде да отиде, тогава няма смисъл. Няма причина тя да съществува повече. А без души хората са просто костюми за месо".

„Чакай малко", каза Е-З. „Искаш да кажеш, че човекът, който е отговорен за Ловците на души. Както и да ги наричаш - изпълнителен директор, президент, разбираш същността. Искаш да кажеш, че те са били компрометирани?"

Рафаел отвори уста да отговори, но Е-Зи още не беше приключил с изказването си.

„Как изобщо работи цялото това нещо с ловците на души? Няколко пъти съм бил призоваван в моя, а дори не съм МЪРТВ. Искаш да кажеш, че тези, каквито и да са те, сега могат да ме принудят да вляза в моя Ловец на души по своя прищявка?" Той се поколеба: „А какво знаеш за Чарлз Дикенс? Той пристигна в огледален контейнер, така че не е Ловец на души. Как душата му е стигнала от едно място на друго? Дали възкресението му се дължи на вас, архангелите?"

Рафаел изчака да види дали има още въпроси.

Той имаше.

„А какво ще кажете за двамата ми най-добри приятели Пи Джей и Арден. Как се вписват те? И двамата са в кома. Искам да ги върна обратно. Ще им помогне ли това, че ти помагам?"

Гласът в стената гръмна в отговор.

„Никой не управлява Ловци на души. Това не е като компания, създадена с цел печалба. Когато някой умре, душата му се улавя и тя живее в определения Ловец на души".

„Не разбирам - каза Е-Зи. След това: „Чакай малко, някой или нещо е откраднало Ловците на души? И ако отговорът е „да", тогава определено ще ми трябва повече информация за това кои са те, преди да се намесим. Ако вие, архангелите, не можете да ги победите, тогава как очаквате ние да го направим?".

Гласът в стената се обърна към Рафаел: „Е, Ериел сгреши, когато каза, че това момче е дебело като тухла. Той се справи с това с един замах. Браво, Е-З."

„Е, благодаря, мисля - каза той. „Но какво точно разбрах правилно?“

Гласът продължи. „Три богини наистина са отвлекли ловците на души“.

Е-З отвори уста да говори, но преди да успее, гласът заговори отново.

„Чарлз Дикенс не е пристигнал в ловец на души, както подозирахте. Кръвните роднини имат сили над времето и пространството. Вие го призовахте. Той дойде, за да ви помогне.“

„Не съм го призовавал!“ Е-З каза.

„И все пак той се е върнал, знаел е името ти и е искал да ти помогне, така ли е?“

Е-З кимна.

„И на последния ти въпрос: да, животът на твоите приятели е в опасност заради трите богини.“

„Богини?“ Е-З повтори. „Като в гръцката митология? Те реални ли са? Мислех, че всички тези истории са измислица.“

„Те се основават на исторически факти“, каза Рафаел.

„Не можем да се изправим срещу отбор от митологични богини!" Е-3 възкликна. „Ние сме деца."

„Рисковете са много по-големи, ако не го направите, тъй като нямаме кого друг да помолим да ни помогне. Няма Батман, няма Спайдърмен, няма супергерои от реалния живот. Единствените герои сте вие, деца, можете ли? Ще помогнете ли? Ние знаем как, за да решим този проблем, имаме нужда от тела, от хора на терен. Хората със сили могат да победят. Вие можете да победите това нещо. Тези неща. От една страна, можете да ги видите. Ние не можем - каза Рафаел.

„Знам, че имате нужда от помощ, но не виждам как можем да спасим положението - не и срещу могъщи богини. Да, имаме сили, но срещу какво точно се изправяме? Какво ще се очаква от нас? Какви са опасностите за нас? Имам предвид, че вие вече сте мъртви - ние не сме. Ако ти помогнем - какви са рисковете?"

Той се поколеба и когато никой не каза нищо, продължи.

„Ако се съгласим, можете ли да защитите чичо ми Сам, жена му Саманта и бебетата? Можеш ли да гарантираш, че Пи Джей и Арден няма да се окажат мъртви в „Ловци на души"? И какво има в това, за нас? В края на краищата ние ще рискуваме живота си. Ти не си човек, така че няма какво да губиш!"

Розали се намеси: „Е-З не виждам да имаш избор. Прав си, ще има рискове, а аз още не съм мъртва - но съм стара - така че рискът за мен не е толкова голям. Освен това ми харесва идеята, че когато животът ми приключи, ще ме чака ловец на души".

Е-З кимна. „Разбирам това. Идеята, че родителите ми витаят наоколо. Сами. Бездомни. Без ловец на души. Е, от това ми става лошо. Толкова ме вбесява, че ми се иска да плюя. Но все пак трябва да поговоря с останалите - повтори Е-З, кръстосвайки краката си. Чувстваше се толкова добре, че може да прави простички неща като кръстосване на краката си.

Превръщаш се в добър оратор, каза му Лия в главата.

„Благодаря - отвърна той.

„Както и тогава - каза гласът. „Двадесет и четири часа. Междувременно Розали ще остане тук с нас".

„Като ваша гостенка" - подчерта Е-З.

„Ще се справя - каза Розали. „И ще поддържам връзка, като разговарям с Лия. Ние с Лия обичаме да разговаряме.“

Той кимна. С Лия, чрез Лия. Е-Зи не беше сигурен какво знаят и какво не - но нямаше да им даде нищо, което вече нямаха.

„Ще се видим скоро“ - каза той и махна с ръка за довиждане.

После отново се върна в инвалидната си количка. Беше лице в лице с приятелите си. Но как можеше да им каже? Как да им обясни?

В крайна сметка реши, че най-доброто действие е да разкаже всичко. Точно това и направи.

ГЛАВА 23
ПРОМЕНИ

Въпреки **че**новината на E-Z не беше това, което очакваха да чуят, Алфред и Лия имаха какво да кажат в отговор.

„Те имат някаква наглост!" Алфред възкликна. „След това, което направиха с нас. Искам да кажа, че дадоха обещания, а после се отказаха и промениха плана за игра. Аз например не вярвам на никого от тях, доколкото мога да ги хвърля."

„Това е огромно и е свързано с нашите близки, които са починали", каза Е-З.

„Как така?" Сам попита.

„Не знам подробности. Знам само, че е свързано с три зли богини, чийто план е да завладеят и контролират всички ловци на души".

„Това е лудост!" Лия каза. „Защо им трябват те? Защо да си правят труда? Какво е това за тях?"

„Чакай", каза Е-3. „Ще ти кажа всичко, което ми казаха. Имай предвид, че и те не знаят със сигурност.

„Както и да е, ето какво става. Те са митологични богини, които са били върнати обратно. Тяхната цел е да контролират Ловците на души - с всички възможни средства.

„А начинът, който са избрали, е да убиват хора. Хора, които не е трябвало да умрат! И след това ги вкарват в отвлечените от тях Ловец на души. От хора, които се нуждаят от тях. Така душите им няма къде да отидат."

„Все още не го разбирам", каза Лия.

„Помисли за това по този начин. Лия, ти, Алфред и аз вече сме били в нашите Ловци на души. Малцина са допуснати там, преди да са умрели. Имам предвид кой би искал да бъде?"

„Съгласен съм - каза Алфред.

„Дето", каза Лия.

„Но какво ще стане, ако ти кажа точно сега, че твоят Душеловка е запълнена от някой друг - и така тя вече не е твоя?"

„Хората дори не знаят за уловителите на души!" Алфред възкликна. „Повечето мислят, че душите им отиват в рая (или ако са лоши - на горещото място.) Ако знаеха, щяха да се разстроят от това. Но не знаят.“

„Да, не можеш да пропуснеш нещо, за което не знаеш нищо - каза Сам. „Нито пък можеш да се бориш за нещо, за което не знаеш“.

„Казаха ми, че душите на родителите ми може да плават наоколо точно сега, бездомни. Това ме засегна силно.“

„Точно затова ти казаха!“ Сам каза. „Това е откровена манипулация.“

„Не, това е емоционално изнудване“, каза Алфред. „Но разбирам защо са го казали. Ако ми бяха казали същото за моето семейство, и аз щях да искам да се намеся. Искам да се боря с тези богини. Ако бях гореща глава, щях да действам веднага въз основа на емоциите си. Но тук трябва да бъдем логични. Трябва да запазим равновесие.“

„Кои изобщо са тези богини? Какво знаем за тях?“ Лия попита.

„И сигурни ли сме, че архангелите са от правилната страна на това?“ Сам попита.

„Те казаха, че грешка от тяхна страна е причинила дори това - но не ми казаха как точно е станало и защо. И не бяха в настроение да бъдат притискани за информация - повече от тази, която вече успях да измъкна от тях. Освен това те имат Розали, а времето ни за вземане на решение изтича“.

„Точно така“, каза Лия. „И все пак, как можем да вземем решение, когато дори не знаем срещу какво се изправяме? Те знаят, че сме деца. Да, всеки от нас има уникални сили - но дали те са достатъчни? Ако архангелите не могат сами да се справят с тази ситуация... защо знаят, че ние ще успеем?“

„Това не мога да кажа. Наложи се да ги притисна да ми кажат повече. Ако не беше гласът в стената - те нямаше да ми кажат толкова, колкото научих.“

„Как се осмеляват да крият информация от нас!“ Алфред възкликна.

„Обясних им какво знам. Те са трима. Те са богини - митологични същества, за които мислех, че не са истински“.

„Можем да разберем всичко, което трябва да знаем, за да се въоръжим срещу тях, онлайн“ - каза

Сам. „Но това ще отнеме известно време." Той се поколеба. „Не мисля обаче, че ще имаме голям късмет при търсенето на информация за ловците на души".

„Вече опитах и не успях да намеря нищо."

„Кога за пръв път чухте за тях?" Сам попита.

„Гласът в стената намекна, че вече са ми казвали за тях, но всеки път, когато се опитам да си спомня, сякаш стена блокира информацията."

„Уау! На мен ми се случва абсолютно същото нещо" - каза Лия. „Това е толкова странно."

Е-З погледна часа на телефона си. „Е, дадох ви много неща за размисъл. Имаме време до сутринта, за да вземем категорично решение... но не мисля, че имаме друг избор, освен да се съгласим да им помогнем. Имам предвид, че ако не го направим, тогава кой?"

„Мислех си същото - каза Алфред. „Но все пак не ми харесва начинът, по който са го направили."

„На мен също", каза Лия. „Отивам да си легна. Лека нощ на всички. Ще се видим на сутринта." Тя затвори вратата след себе си.

„Имаш ли нужда от нещо?" Сам попита.

„Не, добре съм. Лека нощ, чичо Сам."

„Лека нощ, Е-З. Трябва да ти кажа колко се гордея с теб и колко биха се гордели родителите ти“.

„Благодаря.“

„И лека нощ, Алфред“, каза Сам, докато отваряше вратата.

„Лека нощ“, каза Алфред, след което се настани с глава под крилото си и се унесе в сън.

Е-Зи, който не можеше да заспи, се взираше в тавана с ръце зад главата си. Направи няколко коремни преси, след което се обърна настрани с надеждата да заспи. Вместо това забеляза две светлини, една зелена и една жълта, които се носеха към него.

„Буден ли си?“ Хадз попита.

„Не“ - каза Е-З с усмивка, докато седеше.

„Не бива да ти говорим“, каза Рейки, „но трябва да ти говорим, така че трябва да познаеш какво не бива да ти казваме“.

„Да познаеш? Сериозно? Можеш ли да ми подскажеш... знаеш ли, да стесниш полето за мен, дори малко?“

Желаещите да бъдат ангели си прошепнаха един на друг. Те сякаш не се съгласиха, тъй като Хадза летеше към едната страна на стаята, а Рейки - към другата.

„К, отивам да спя. Когато го разбереш, можеш да ми го кажеш на сутринта".

Той кимна, след което се събуди. Беше в креслото си и се носеше из небето. Затегна предпазния си колан. „Какво?"

„Решихме, тъй като не можахме да стесним полето за теб. Или да ти кажем това, което трябва да знаеш. За да вземете информирано решение... Че вместо това ще ВИ ПОКАЖЕМ. Така че, последвайте ни."

Докато облаците се носеха покрай него и чистият, но хладен нощен въздух изпълваше дробовете му, Е-З се чувстваше по-жив, отколкото от известно време насам. В някои отношения му липсваше да бъде призоваван за изпитанията, за да помага и спасява хора, които са в беда.

Откакто спря да работи с Ериел, не се чувстваше кой знае колко като супергерой. Вярно е, че беше спасил една котка, която се беше заклещила на едно дърво. И бе предотвратил разбиването на ценна витражна църковна топка.

Но през по-голямата част от ежедневието си мислеше за бъдещето. Планираше да завърши гимназията в най-добра позиция, за да получи стипендия. За най-добрия колеж или университет, който можеше да получи.

Чичо Сам и Саманта планираха новото бебе. Те пазеха в тайна дали бебето ще е момче или момиче и никой не беше допускан в новата стая на бебето. Е-Зи си мислеше, че е странно да си на петнайсет години и скоро да станеш чичо, но го очакваше с нетърпение.

А Лия, тя се справяше добре в училище, вписваше се в него, въпреки че за сравнително кратък период от време беше преминала от седем на дванайсет години с два скока. Каквото и да я състаряваше, изглежда беше спряло и сега изглеждаше, че е влюбена в Пи Джей. Определено беше пораснала и той се усмихна, като си помисли колко властна беше станала. Това му напомни за Малката Дорит - еднорогът. Не я бяха виждали от времето на изпитанията. Може би архангелите я бяха изпратили да помогне на Лия, когато всички бяха свързани. После се появи братовчед му Чарлз Дикенс. А Пи Джей и Ардън бяха заседнали в кома

- и никой не знаеше как да ги измъкне от нея. Алфред продължаваше да е зает, около къщата. Откакто пристигна, на чичо Сам не му се налагаше да коси тревата толкова често.

Той отново си припомни двата процеса, в които бе открил прилики. Това с момичето, облечено като персонаж от мултигейм играч. Другото с момчето, на което беше казано да убие Е-З, за да спаси живота на семейството си. Бяха свързани. Ериел беше прав. Трябваше само да разбере какво точно означава това.

„Почти ли сме вече там?" - попита той, като забеляза колко студено става. Движеха се бързо, приближаваха се до националния парк „Долината на смъртта" в пустинята Мохаве. Беше декември, един от най-студените месеци в годината за пустинята през нощта, и той съжали, че не е взел качулката си. Беше толкова тъмно, че звездите изглеждаха милион пъти по-ярки. Като очи в небето, между които имаше едва един пръст разстояние, или поне така му се струваше.

Обучаващите се ангели не отговориха. Спуснаха се на няколко метра, после продължиха да летят напред с пълна скорост.

„Чудесно!" - каза той. „Уведоми ме кога ще кацнем. Сигурно ми се иска да имам туристически агент, който да ми каже какво точно виждам".

„Използвай телефона си", прошепнаха Лия и Алфред. След това замълчаха.

Продължиха да летят, над Бадуотър Басейн, най-ниската точка в Северна Америка. Наречена е така, тъй като водата в нея е лоша - следователно негодна за пиене заради излишните соли. Но в района могат да процъфтяват някои диви животни и растения, като например пикня, насекоми и охлюви.

Навлязоха по-надълбоко в Долината на смъртта, докато Е-Зи се вглеждаше в терена и се опитваше да не мисли колко е жаден.

„Стигнахме ли вече?" - попита той отново, когато една черна птица прелетя над главата му, пускайки куп какавиди, преди да продължи по пътя си. „Добре дошли в Долината на смъртта" - каза той и я избърса с ръкава си. Той побърза да настигне Хадз и Рейки.

ГЛАВА 24

ДОЛИНАТА НА СМЪРТТА, САЩ

Побързайте!" Хадз и Рейки казаха. „Почти сме в Риолит."

Той продължи напред, настигайки ги. „А какво точно има в Риолит?"

„Малко информация", каза Хадз. „Освен ако вече не сте чували за него?"

Е-3 поклати глава. Беше учил за Големия каньон в училище, най-вече за това как се е образувал.

Хадз продължи: „Някога, по време на златната треска през 1904 г., Риолит е бил процъфтяващ град. Той обаче не просъществувал дълго, през 1924 г. последният му жител починал и той се превърнал в град-призрак".

„Какво означава думата „Риолит"?"

Рейки отговори: „Това е кисела вулканична скала - лавовата форма на гранита. Наречена е така от геолог на име Фердинанд фон Рихтхофен през 1860 г. Произходът му е гръцки, от думата rhyax, която означава поток от лава“.

„Значи в града е имало голяма златна треска и са го нарекли на вулканична скала?“ Той се поколеба. „Мисля, че си спомням нещо от класа за вулканичното действие.“

„Точно така“, каза Хадз. „Датира отпреди два милиона години.“

„И така, този урок е интересен и всичко останало - но все още не знам защо се отправяме към Риолит“.

„Защото това е щабът на ренегатите“, измърмори Рейки.

„Онези, които се борят за контрол над Ловците на души.“

„Кои точно са те и как можем да ги спрем? Под ние - имам предвид нас, Тримата. Защото Ериел и Рафаел държат Розали и между другото, времето изтича. Те ни дадоха само двайсет и четири часа, за да се върнем при тях“.

„Шшш - каза Хадза. „Те имат изключителен слух и вятърът може да отнесе гласовете ни обратно към тях на шепот. От този момент нататък ще говорим само с мислите си".

Е-З попита, използвайки ума си: „Какво ще стане, ако разберат, че сме тук? Искам да кажа, дали няма да могат да ни видят?"

„Хадз и аз не сме хора, така че сме извън радарите им. Ти обаче не си, затова те защитихме."

„Чудесно! Около мен има невидим защитен щит - това е полезна информация за мен."

В далечината се виждаха Черните планини. „Обзалагам се, че когато слънцето напече топлина в тези планини, можеш да изпържиш яйце върху тях." Той се поколеба: „Ами онази птица, която ме накаца? Възможно ли е злодеите да са я изпратили да ни търси?"

Хадз и Рейки поклатиха глави. „Ние видяхме птицата. Беше гарван - известен като носител на послания от небето."

„Добре, това е справедливо. Не ми се струваше, че прилича на гарван. Кажи ми какво е това, което е вдигнало на крак ловците на души, и какво ще трябва да направим, за да ги победим".

Той се поколеба: „И какво общо има това с превъплъщението на Чарлз Дикенс като младо момче". Отново се поколеба. „Също така, Лия ще получи ли транспорт? Дали еднорогът Малката Дорит ще се върне, ако/когато се съгласим да ви помогнем?" Това беше много говорене. Беше жаден и му се искаше да беше донесъл бутилка вода.

ПОП.

Една се появи. Той я изпи обратно, след като не каза на никого „Благодаря".

Рейки попита: „Чувал ли си някога за Ериниите?".

Е-З поклати глава.

„Известни също като Фуриите" - каза Хадз.

„Нямам представа какво представляват двете... но имам смътен спомен за нещо от някаква игра може би?"

„Те са известни под общото име Богини на отмъщението".

„Разкажи ми повече. На кого отмъщават?"

„Защо, на цялата човешка раса!" Хадзъс изпъшка.

„С моите приятели говорихме за това по-рано. Повечето хора не знаят за Ловците на души.

Повечето вярват, че ние имаме души. Души, които отиват или в рая, или в ада - в зависимост от изборите, които правим в живота си".

„Да, наясно сме с това - каза Хадз.

„Тогава ми кажете", помоли Е-З. „Къде е бог в това? Бог или Исус, Аллах, Буда... какъвто и да е той. Къде е той?"

Хадз и Рейки се взираха напред, без да отговорят.

„Добре, разбирам, че не можете да отговорите на този въпрос. Вместо това ми отговорете на този. Защо богините наказват хората с помощта на нещо, за което те дори не знаят? Разбирам, че те са зли, но въпреки това звучи нелепо".

„Децата - каза Хадза.

„Те наказват ненаказаните. Но..."

„Ах, чаках но... Продължавай."

„Фуриите злоупотребяват със силите си. Прехвърлят границите. Насочват се към невинни хора. Невинни деца, които играят на игра."

„Чакай, искаш да кажеш, че децата, които играят игри, са наказвани за неща, които правят в рамките на играта? Но играта не е реална! Как могат да бъдат наказвани в реалния живот за нещо, което не е реално?"

„Аз знам това и ти го знаеш, но за Фуриите всичко е едно и също. Ако в играта, за да убиеш някого, преминаваш през същия мисловен процес, през който би преминал един убиец. Той включва планиране, с намерения да убиеш и след това да го осъществиш. В някои случаи става въпрос за масови убийства. И да, те са невинни и от тях се иска да направят тези неща, за да продължат напред в играта. За „Фуриите" децата са ненаказаните и те са честна игра, когато са в рамките на играта".

„Чакай малко!" Е-3 възкликна. „Какво точно казвате тук? Мисля, че схващам същността, как се вписват Ловците на души, но идеята е толкова зла... че дори не искам да я мисля, камо ли да я казвам."

„Фуриите отмъщават на играчите на игри. Тези, които са съгрешили в сърцата си - каза Рейки. „Не им е писано да умрат! Техните Ловец на души не са готови да приемат душите им и затова..."

„Те няма къде да отидат - каза Хадза.

„И Фуриите ги събират тук, като създават свое собствено племе от Души. Те съхраняват душите на децата в откраднати Ловец на души".

„Това създава хаос - каза Хадз.

„Така че вие, децата, трябва да помогнете."

„Чакай малко!" E-З каза. „Чакай, дяволски, минута!"

ГЛАВА 25
ЧЕТИРИ ОЧИ

„О,о" - изкрещя Хадз, тъй като тъмен облак се движеше бързо по небето и се насочваше в тяхна посока.

„Не може да са проникнали през защитния щит!" Рейки възкликна.

И-3 погледна през рамо. Това, което видя, беше черно нещо, което не беше облак. Защото то приличаше на змия. С раздвоен език, който облизваше въздуха. Вместо две очи, то имаше множество очи. Твърде много, за да бъдат преброени. От всяко капеше кръв. Кръв и пареща жълта гной.

Езикът на нещото се местеше отдясно наляво. Издаваше камшичен звук, а челюстите му се отваряха и затваряха. А от гърлото му се чуваше стържещ звук, който се редуваше с писък и бръмчене.

С вятъра зад гърба си най-отвратителната миризма изпълни въздуха и скоро стигна до ноздрите на Е-З, Хадз и Рейки.

Миризмата беше най-отвратителна. По-лоша от сяра. Или развалени яйца. По-отвратителна от септичната течност и гниещите трупове, взети заедно.

Триото се изкачи по-високо, за да може да види отвъд един хребет, който не бяха забелязали преди. Зад него имаше сребърни контейнери. Ловец на души. Докъдето погледът стигаше.

„Толкова много! Всички те ли са пълни с деца? О, не!" Е-З каза с носов тон, тъй като все още си запушваше носа. Въпреки че все още усещаше миризмата.

PTOOEY.

„Какво, по дяволите, е това?" Е-З възкликна.

Отдолу се виждаше гигантска очна ябълка. Тя беше затворена. Замаскирана.

ПТООЕЕ. PTOOEY. PTOOEY.

„О, не!" Е-З възкликна. „Очички!"

То се стрелна към тях, изстрелвайки горещата си, лепкава течност.

„Стой!" Хадз и Рейки изкрещяха.

Всеки от тях се хвана за едно от ушите на Е-З.

„Ахxxxxx!" - извика той.

PTOOEY.

Е-Зи избегна тази бухалка, но тя почти се свърза с инвалидната му количка.

ФИЗЪЛ.

ПОП.

ПОП.

Е-З отново се върна в леглото си. По челото му се стичаха капчици пот.

Междувременно Алфред продължаваше да хърка в края на леглото.

„Това беше твърде близо за удобство!" Е-З каза. „Пробиха ли защитния щит? Видяха ли ни? Знаят ли кой съм и къде живея?"

„Не, измъкнахме се оттам, преди да успеят да проникнат", каза Рейки.

„Може би това е глупав въпрос, но защо просто не ни вкарахте и не ни изкарахте оттам на първо място. Вместо да отделяте време да летите чак дотам - и да излагате живота ни на опасност?"

„Трябваше да ви покажем.“

„Преди битката… Как я наричате…“

„Искате да кажете разузнаване?“ Е-З попита.

„Да, точно така. Трябваше да ви покажем. Трябваше да го видиш, със собствените си очи. Всичко това. Срещу какво се изправяш - каза Хадз.

„Преценихме, че това, което ще научиш, ще си струва риска.“

„Предполагам, че времето ще покаже“, каза Е-З.

„Съжалявам, ако сме отишли твърде далеч - каза Хадз.

„Наистина имахме предвид най-добрия ви интерес.“

„Знам, че сте го направили. И се радвам, че видях Ловците на души. Колко много бяха - това наистина ме шокира“.

„Да, това шокира и нас. И можеш да бъдеш сигурен, че шокира и архангелите. Когато го видяха за първи път.“

„Не трябваше да казваш това“, каза Рейки.

ПОП.

Хадз изчезна.

„О, сега, всичко е наред“, каза Е-З.

„Няма значение.“

„Все още не мога да разбера какво получават Фуриите от това? Каква е крайната им цел? Някой разбрал ли е вече?"

„Те добавят още и още всеки ден. Все повече деца, които играят игри, засмукани в мрежата им."

„Но защо няма обществен протест? Не трябва ли да кажем на световните лидери, на президентите, на министър-председателите? Няма ли нещо, което те биха могли да направят?"

„Помислете, кое е първото нещо, което биха направили? Ще изпратят армията. Ще умрат още повече хора. Повече ловци на души, необходими преди времето си.

„Играта от това, което наблюдаваме, е световно явление. Злите сестри отнемат душите на нищо неподозиращи деца".

„Но повечето от лидерите имат свои собствени деца - каза Е-Зи. „Със сигурност, ако знаеха, щяха да искат да защитят своите деца и щяха да искат да защитят и други деца".

„По-скоро Фуриите биха занулили техните деца. Това би било като да висиш с пръчка пред тях", каза Рейки.

ПОП.

Хадз се върна.

„Те биха се радвали, ако можеха да унищожат великите и силни деца. В момента това, което изглежда правят, е случайно - избрано в рамките на играта", каза Рейки.

„Разкажи ми повече от това, което знаеш за тях". Е-З попита.

Хадзъ прошепна: „Имената им са Али, Мег и Тиси. Отмъщението на Али е заради гнева, на Мег - заради ревността, а Тиси е известна като отмъстителка".

„Добре, а защо миришат толкова лошо? И как могат да бъдат победени и трите?" Е-З попита, като погледна часовника си. Тъкмо наближаваше 8 ч. Трябваше да говори с останалите от бандата, за да си върне Розали. Как щеше да им разкаже за това ужасно трио и за всички деца в тези „Ловец на души"?

„Легендата разказва, че в миналото са били наказани за това, че са си вършили работата. Сега те са намерили тази вратичка с Виртуалната реалност, новооткрито човешко изобретение". Хадза се поколеба. „Защо хората никога не искат да живеят живота си в настоящето? Защо им се налага да бягат и да играят глупави игри, които излагат живота им на опасност?" Желаещият да стане ангел се изчерви и изключително много се разкрещя."

Рейки се опита да успокои приятеля си, като каза: „Те не знаят какво правят."

„Невежеството не е оправдание" - каза Е-3. „Трябва да ги изпратим обратно там, където са били преди изобретяването на виртуалната реалност. И трябва да им върнем душите на децата, които са взели под фалшив претекст. Само че КАК да ги убедим, че постъпват неправилно? Че крадат животи и наказват хората за мисли, а не за дела?

„Сега, след като зърнах Фуриите - знам, че трябва да ви помогнем повече от всякога. Но все още трябва да убедя останалите. Дори и да се съгласят, все още се борим срещу превъзходството. Искам да бъда позитивен. Да кажа, че сме готови за задачата. Но няма да знаем със сигурност, докато не дойде време да се бием".

Той удари възглавницата си и я задържа в скута си. „Чакай малко, те ли умряха? Искам да кажа, дали „Фуриите" са избягали от собствените си ловци на души? И ако са го направили, как? Кой им е помогнал да се измъкнат?"

Хадз погледна Рейки, а Рейки погледна и Хадз.

ПОП.

ПОП.

Те бяха изчезнали.

„Чудесно!" Е-З каза. „Просто фантастично!"

ГЛАВА 26

БАЛАНС

Въпреки **че**се опитваше да заспи, Е-3 не можеше. Той продължаваше да мисли и да си задава въпроси. Въпроси, на които не можеше да отговори.

Затова стана от леглото, кликна върху компютъра си и се разрови малко.

Не след дълго попаднал на злато. Когато намери връзка „Фуриите и трите грации". Те сякаш бяха като ин и ян една на друга. Едната добра, другата зла. Той се зачуди дали биха могли да използват тази информация в своя полза. Ако злите богини можеха да бъдат върнати на земята, можеха ли да бъдат призовани и добрите богини?

Първо, преди да предложи на архангелите да ги върнат обратно - при условие че могат да го направят. Той искаше да знае какво точно ще донесат грациите.

Да, те бяха богини. Дъщерите на Зевс, който бил бог на небето. Силите им били насочени към чара, красотата и творчеството. Той прочете, но не можа да разбере как биха могли да помогнат срещу Фуриите.

Все пак имаше малко време, затова продължи да чете Прочете някакъв текст, акредитиран на Ницше. Теориите му за доброто и злото все още се обсъждаха и дискутираха по форумите.

Тогава в главата му изникна един спомен. Случваше се все по-рядко, връщаха му се спомени за родителите му. Надяваше се, че те никога няма да спрат.

Този беше разговор с баща му. За третия закон на Нютон. Бяха взели лодка и се занимаваха с риболов.

„Така рибата се движи във водата" - обясни баща му.

Оттогава той беше научил повече за него в училище. Мислеше си, че Нютон и Ницше щяха да водят доста интересни разговори. Но животите им бяха разделени от хиляди години.

Тогава му хрумна. Той, Лия и Алфред бяха полярната противоположност на Фуриите.

Дали архангелите вече знаеха това? Затова ли изглеждаха толкова настоятелни, че само той и неговият екип могат да победят Фуриите?

Въпросът, който продължаваше да се върти в съзнанието му, обаче беше - могат ли да победят?

Възможно ли е изобщо да спрат Фуриите?

Трябваше да поговори за това с останалите.

Изключи компютъра си и се върна, за да поспи, преди останалите да се събудят.

Всички очакваха от него да има всички отговори. Той ги нямаше, но правеше всичко по силите си. Откакто беше станал лидер, животът му беше такъв.

ГЛАВА 27

ЧЕРВЕНА СТАЯ

Е-3 се намираше в червена стая. Стая, в която миришеше на кръв. Силната миризма на желязо нарани носа му и той го закри с ръка, след което пристъпи няколко крачки напред. Стъпките му оставяха следи по окървавения под. Къде беше той? В ада? Поне имаше възможност да бяга тук, но накъде? Нямаше врати. Нямаше и прозорци. Нямаше никаква светлина и въпреки това той виждаше, че всичко е червено. И мокро.

Той извади телефона си и кликна върху приложението за фенерче. Използвайки лъча на фенерчето, той проследи стените около себе си. Всички те бяха еднакви. Кървави и капещи. И вонящи. Той зачака. Да се обади за помощ не му се струваше разумно. Може би щеше да е по-добре, ако това, което го бе довело на това място, не дойде да го посрещне. Предпочиташе да не ги среща. Лъчът на фенерчето се изключи и телефонът му се разтвори. Страхувайки се да помръдне, той стоеше неподвижно и се ослушваше.

Пълзене, нещо. Плъзгане, по пода. Едно се спускаше по стената отдясно, а друго отляво. Три. Змии.

След това въздухът в стаята се промени и се появи позната миризма. Гниене. Яйцевидна. Сярна. Гниеща мърша.

Той покри носа си. Както и преди, това не прикри отвратителната миризма.

Той изчака.

Значи искаха да го оставят сам. Имаха го. Щеше да се погрижи да съжаляват, ако това беше последното нещо, което правеше в живота си.

„Можем да те изядем за закуска - изкрещя Тиси.

„Или обяд“, каза Али. „Все пак съм малко гладна.“

„Или пък следобеден чай, от него няма много. Не и за трима, които да си го поделят - каза Мег.

Е-3 концентрира всяка фибра на съществото си върху крилата си. Те бяха единствената му надежда за бягство, а бяха безполезни.

„Виж!" Мег изкрещя. „Той се опитва да използва малките си крилца."

Тиси и Али се надигнаха. Мег се присъедини към тях, докато те висяха точно отвъд неговия обсег.

Под краката му подът се разтресе и зашумя. Сякаш щеше да се отвори и да го погълне. Той се отдръпна, за да се подпре на стената. Но когато я докосна, ризата му се оказа мокра. А когато сложи ръка върху нея, тя се върна покрита с кръв.

„Не ме е страх, от вас, три кучки!" - изкрещя той.

„Може би не се страхувате от нас - все още -". Мег изпищя.

„Но много скоро ще се уплашите" - изсъска Тиси.

„Засега можеш да се справиш с тези трите" - прошепна Мег, а мръсният ѝ дъх почти го накара да повърне.

Трите змии, използвайки лоста на височината, се втурнаха към него. Разклонените им езици съскаха и плюеха. После започнаха да се увиват една около друга. Свързваха се, преплитаха се. Докато се превърнаха в една огромна змия с три глави и три камшика. Бичове, които се счупиха в посока на E-3, за да го задържат на място.

Той се отдръпна по-назад. Чуваше как кръвта зад гърба му някак си се успокоява. Тялото му се отпусна, докато гърбът му потъваше в ъгъла срещу кървавата капеща стена.

„Погледни го - каза Тиси. „Той е само едно момче и не е навредил на никого. Всъщност той е такъв добряк, че е жалко, че трябва да го унищожим".

„Да, сърцето му е чисто", каза Мег. „Но той има черно петно на сърцето си. Петно на отмъщение, което би искал да извърши срещу онези, които са отговорни за смъртта на родителите му."

„Не говорете за родителите ми!" Е-З изкрещя, като се вкопчи още повече в окървавената стена. Той се страхуваше. Страхуваше се, че това, което казваха, беше истина. Той затвори очи. Ако не можеше да ги види, може би щяха да изчезнат. Тогава нещо зад него се поддаде. И той започна да пада свободно, назад. Падайки. Падаше.

ТЪМП

Той се приземи в инвалидната си количка и те потеглиха.

Обратно в Червената стая Фуриите бяха разярени!

„Вървете след него!" Тиси изкрещя.

„Хванете го!" Мег извика.

„Твърде късно е!" Али каза. „Той сякаш е изчезнал!"

„Да се върнем в Долината на смъртта" - каза Мег. Те си тръгнаха, оставяйки Червената стая празна. Но миризмата им все още се носеше.

ТЪМП.

„Кървиш - каза Сам. „Да го вкараме в банята. Можем да видим колко тежко е ранен". Сам бутна инвалидната количка към вратата.

„Не, спри!" Е-3 каза. „Добре съм. Кръвта не е моя. Но трябва да се измия. Да отмия миризмата. После ще обясня какво се е случило. Обещавам."

„Стига да си сигурна, че си добре - каза Сам.

След като той си тръгна, Сам, Лия и Алфред не можеха да се сетят какво да си кажат. Те чакаха в мълчание неговото завръщане.

В банята Е-3 позиционира инвалидната си количка върху рампата. Когато преустроиха къщата, чичо Сам измисли нов душ за него. Той му даваше повече независимост. И беше забавно! Подобно на автомивка.

Той се протягаше нагоре и прекарваше ръцете и врата си през ремъците. Натискаше един бутон, за да се движи напред, а столът го следваше. Веднага водата започна да тече. Почистваше едновременно тялото и дрехите му. От време на време се стичаше душ гел или шампоан, последвани от вода, която да ги отмие.

Сега, когато беше чист, той продължи да се движи напред и задейства механизма за сушене. Той изсуши него и дрехите му и ги направи без бръчки за няколко минути.

Когато стигна до края, той се отдели от ремъците и падна на стола си. Той се огледа в огледалото. Косата му вече изглеждаше толкова добре, че дори не му се налагаше да я разресва. Той се върна в стаята си. Когато видя приятелите си, стомахът му се сви и той повърна.

„Съжалявам“, каза той. „Много съжалявам.“

Лия и Алфред го прегърнаха. Те не се притесняваха за повръщането. Преданите приятели не се притесняват за такива неща.

Сам отиде да донесе купа и малко вода, за да почисти племенника си.

Е-3 беше благодарен за помощта и това му даде време да помисли какво ще каже и как ще го каже.

„Благодаря, чичо Сам. Това, което трябва да ти кажа. Не е хубаво.“

„Продължавай“, каза Алфред.

„Ние сме тук за теб“, каза Лия.

„Седнете, чичо Сам.“

Те изброиха всичко, без да кажат нито дума.

„Аз съм вътре“ - каза Алфред.

„Аз също“, каза Лия.

„Аз тримата“, каза Сам.

„Съгласен съм“, каза Е-З. И секунда по-късно той вече се връщаше в бялата стая. Или там, където се надяваше, че отива.

Навсякъде беше по-добре, отколкото в червената стая. Изобщо навсякъде.

ГЛАВА 28

БЯЛА СТАЯ

Бялата стая изглеждаше някак различна, когато краката му докоснаха земята.

Е-3 се почувства толкова щастлив, че отново е в комфорта на бялата стая. Където можеше да се разхожда. Да докосва книгите. Да усеща мириса на книгите. Но нещо му се стори странно. Изключено.

Той се успокои. Забеляза, че ръцете му треперят. Коленете му трепереха. Сега зъбите му тракаха.

Обгърна се с ръце и му се прииска да беше взел якето си. Зачака, очаквайки да пристигне. Не дойде.

„Какво е това място?" - попита той.

Няма отговор.

„Чийзбургер с пържени картофи", каза той.

Нищо.

„Chop suey, с яйчено руло“, каза той с повече авторитет.

„Искам да знам къде се намирам!“ - извика той.

Нищо.

Нада.

„Розали?“ - обади се той. „Ти там ли си? Ериел? Рафаел? Някой? Хадз? Рейки?“

Отново нищо.

Дори учтиво ПФФТ, което да го накара да се отпусне.

Познатите книги бяха единствените котви, които го задържаха на това място. Той си проправи път до стълбата, премести я под Дс. Очаквайки да открие Чарлз Дикенс, той започна да се изкачва. Вместо това установи, че всяка книга, до която се докосне, е свързана със света на игрите.

Какво?

И нито една от книгите нямаше крила. Всички те бяха чисто нови. Сякаш никой не ги беше отварял преди.

Той едва не падна от стълбата, когато един глас каза,

„Е-З Дикенс - това не е познатата ви бяла стая. Тя е реплика. Изпратен си тук, за да изследваш.

Всяка книга, от която се нуждаете, е на една ръка разстояние от вас. Всяка книга трябва да бъде прочетена и прегледана изцяло".

„Не мога да прочета всички тези книги бързо, ще ми трябват години, за да премина през всички тези книги!"

„Ето защо ще ти бъде дадена допълнителна сила. Сила, която ще се прояви само в стените на тази стая. Прочетете сега. Бързо. Яростно. Запомнете всичко."

Когато този глас свърши, започна друг,

„Десет, девет, осем, седем, шест, пет, четири, три, две, едно. А сега прочети E-Z Дикенс. Занимавай се с това."

E-З ускорено премина през всяка една книга.

Когато завършеше една, в ръцете му веднага попадаше друга. После още една и още една.

Прочете ги всичките, докато не можа да чете повече.

Надяваше се, че главата му няма да се пръсне!

Тогава падна до стената, притисна се в ъгъла и заплака, докато в главата му се оформяше план.

Идеята му хрумна, когато се сети за Пи Джей и Арден. Защо Фуриите ги бяха поставили в кома, вместо в Душеловци? Те бяха в играта - те играеха игри през цялото време, защо да не ги убият?

Планът изглеждаше така: Той и екипът му щяха да измислят своя собствена мултиплейър игра. Сам щеше да познава хора, които биха могли да помогнат в индустрията. Когато Фуриите нахлуят, за да поискат душите им - те ще ги свалят.

Искаше му се Арден и Пи Джей да са там, за да играят с него - защото щяха да го подкрепят. Това беше нормално, той имаше техния гръб. Той щеше да ги спаси и да ги освободи.

Той се разхождаше напред-назад, обмисляйки всичко това. Един аспект нямаше да се получи. Ако го въвлечеше в игра и откажеше да убива - те щяха да са на негова страна. А това можеше да изложи на опасност и други.

Не е като да можеше да каже на всички играчи в света да спрат да играят. Ако им кажеше истината, за трите богини, които се опитват да откраднат душите им, щяха да го затворят.

Все пак това беше единствената идея. Единственият ясен път, който виждаше, за да победи Фуриите в собствената им игра.

Примирил се, че не може да измисли нищо по-добро, той каза: „Изведете ме оттам".

И точно по този начин той остана сам в истинската бяла стая с Розали и Рафаел. Той се зачуди къде е Ериел, не че му липсваше.

„Добре, имам идея. Нещо като план", каза той. „Но не съм сигурен дали ще проработи. Трябват ми отговори на два въпроса. И имам молба за трети - молбата не подлежи на обсъждане".

„Питай" - каза Рафаел.

„Номер едно, ще успея ли да спася най-добрите си приятели Пи Джей и Арден, ако се изправим срещу Фуриите?"

Рафаел се поколеба, преди да заговори. „Ако успееш, няма причина приятелите ти да не бъдат спасени".

„Да прекръстиш сърцето си?" - каза той.

Тя го направи.

„Както подозирах, състоянието им се дължи на Фуриите. Така ли е?"

„Да, вярваме, че е вярно. Приятелите ви са късметлии в известен смисъл, защото душите им остават непокътнати. Това, което не можем да разберем, е защо, тоест ако са били мишена на Фуриите. Във всеки друг случай, който ни е известен, те са взели душите на деца. Не знаем за други като вашите приятели, които да са останали живи в коматозно състояние".

„Имам идея и за това, но това, което трябва да знам, е, че ако Фуриите бъдат победени, какво ще се случи с Пи Джей и Арден? Какво ще се случи с всички деца, чиито души вече са в уловители на души? Те не трябваше да умрат. А какво ще стане с душите на бездомните?"

„В момента Фуриите използват силата на интернет. Той им дава достъп до сърцата и домовете на всеки човек на планетата. Сякаш всички вие сте оставили вратите и прозорците си отворени - така че всеки може да влезе. Вярно е, че Фуриите са само три - но силата им е голяма. Те са митични създания, богини, чийто произход води началото си от Зевс. Чували сте за Зевс, нали?"

„Четох, че е бог на небето и баща на Трите грации. Ще могат ли те да ни помогнат, ако ги върнеш обратно?"

„Зевс не участва в това. Нито пък дъщерите му. Ние, архангелите, не си играем с времето. И винаги сме вярвали, че Душеловците са свещени. Недосегаеми. Досега.“

„Чудесно, значи смятате, че приятелите ми са станали мишена на Фуриите, но всъщност не сте сигурни. Не повече от мен, нали?“

„Правилно. Това е така, защото не мога да кажа сто процента „да“ или „не“. Ако приятелите ти са играли игри. Имам предвид да убиват в рамките на игрите... Тогава те биха отговорили на критериите на Фуриите.

„Но ако те искаха да ги убият - те вече щяха да са мъртви. Освен ако... не, в това няма смисъл. Това би означавало, че те знаят за теб и твоя екип. Няма как да знаят. Ние го държахме в тайна. Ако знаеха, тогава щяха да държат приятелите ти живи в случай, че им трябва лост за влияние“.

„Искаш да кажеш, че е разменна монета?“

„Възможно е, но честно казано, не знам. Както казах, държахме всичко за теб и екипа ти в тайна. Ние, включително аз и другите архангели, бихме направили всичко, за да те защитим.

„Фуриите“ са се сдобили със сили през вековете. Но те никога не са се насочвали към невинни деца.

Никога не са изкривявали програмата си, за да я пригодят за собствените си цели".

„Какви са техните цели?" Е-З попита.

„Това не го знаем."

Е-З каза: „Ето защо трябва да имаме най-добрия шанс, за да спечелим срещу тях."

„Точно така, но с всеки изминал ден те крадат все повече детски души и ускоряват този процес".

„С колко се ускорява?" Е-З попита.

„Според нас с хиляди, но скоро ще станат милиони. Скоро ще бъде твърде късно да ги спрем."

„Добре, разбирам какъв е рискът тук, но ние сме само деца и не искаме да влизаме на сляпо. Ние сме смъртни, както и те. Трябва да помислим, да обмислим всички възможности, преди да рискуваме живота си".

„Разбираме ви и както казах, ще ви пазим".

„О, това", каза Рафаел. „Първо, ние нямаме нищо общо с неговото превъплъщение. Имаме теория, освен тази, която ти казахме, т.е. че ти си го призовал. Чудим се дали завръщането му, не е било грешка от тяхна страна. Може би Вселената се е отворила и го е изпратила да ви помогне, като равновесие. В края на краищата той е кръвен роднина. И е разказвач на истории, и майстор на сюжета. Може би разполага с инструменти и прозрения, за които все още не знаете, за да ви помогне да победите „Фуриите".

Е-3 внимателно подбираше думите си. „Но той е дете. Все още не е написал нито едно нещо. Той ще отвлича вниманието, а и е от друго време и може да застраши нас и мисията ни".

„Зависи" - каза Рафаел. „Той може да е тайно оръжие. Той е тук, за теб. Ако вярваш в него. Че е роден, за да бъде писател. Тогава, на десет години, той вече ще има всички необходими умения. Използвайте го в своя полза, ако решите да го направите".

Е-3 стисна юмруци. „Искаш да кажеш, че трябва да използваме братовчед ми като примамка?"

Рафаел се засмя и затрептя, предизвиквайки ненужен вятър.

„Ще ти помогне, ако спреш да махаш толкова много - каза Розали. „Натрупала съм се с пуловери, но въпреки това не мога да се стопля тук. Между другото, бих искала вече да се прибера вкъщи.

Е-Зи и останалите се съгласиха, така че аз съм направила своето. А сега, довиждане, сбогом. Позволете ми да се прибера у дома."

БИНГО.

Розали изчезна и се приземи обратно в стаята си. Тя разговаря с Лия в ума си, като ѝ каза, че се е върнала невредима и сега ще подремне.

Е-З се сети за още едно изискване, което не подлежи на обсъждане.

„Искам Хадза и Рейки да са с мен, в нашия отбор."

Рафаел се усмихна. „Хадз и Рейки са свързани с Ериел от нашия лидер Майкъл".

„Нека тогава да поговоря с него. Тези двамата са ни помагали. Те идват, когато ги повикам. Ако ще се борим срещу древното зло, имаме нужда тези двамата да са на наша страна и да ни помагат".

„Майкъл не е в състояние да говори с вас. Въпреки това ще изложа молбата ви. Ако прецени, че е необходимо, ще ме уведоми, а аз на свой ред ще ви съобщя. Има ли нещо друго?"

„Да. Трябва да знам как да се отърва от Фуриите. Трябва ли да ги убием? Да ги изпратим обратно там, откъдето са дошли? Какво точно искаш от нас да направим с тези богини?"

„Свържете ги, задръжте ги - а ние ще направим останалото. Ако планът ти проработи, би трябвало да успеем да поемем контрола над Ловците на души. Ще възстановим всичко по старому.“

„Ами тези, които са умрели преждевременно?“

„Всички ще бъдат изравнени... след като враговете бъдат неутрализирани.“

„Преди да ме изпратите обратно - каза Е-3, - ми трябва нещо, някаква застраховка, че няма да ни пресечете отново. Даването на Хадза и Рейки трябваше да бъде тази застраховка, но след като не можете да ми дадете това, тогава ми трябва нещо друго. Нещо, което мога да занеса на останалите и да кажа, че това е доказателство, че няма да ни пренебрегнат, както са правили в миналото“.

„Като какво?“

„Очилата ти са достатъчни“, каза той.

Рафаела падна на колене, крилете ѝ спряха да махат и се отдръпнаха. „Не това, нищо друго освен това“ - извика тя. „Без очилата си не съм в помощ нито на теб, нито на когото и да било“.

„Архангелите са държали Розали тук против волята ѝ. Използвали са я, за да стигнат до мен.

Промениха мнението си за дадените обещания, отмениха изпитанията ми...“

Тя докосна ръбовете на очилата си, после ги свали. В ръцете ѝ очилата се превърнаха в змия, червена змия, която пропълзя по ръката на Е-З и се плъзна нагоре, нагоре, нагоре.

„Какво става!“ Е-З извика, докато змията продължаваше нагоре по врата му. Над ръба на брадичката му. Тя се плъзна по плътно затворените му устни. Нагоре и над носа му. След това се разряза наполовина и уви края си около всяко от ушите. После върна в първоначалното си състояние пулсиращите очила.

„Очилата ми сега са твои, каквото и да правиш - не позволявай на Фуриите да ти ги отнемат. Ако това се случи, тогава всички ще бъдем унищожени.“

„Чакай!“ - каза гласът от стената. „Ами ако се провалиш? В края на краищата вие сте само деца.“

„Не мога да обещая успех - но ще дадем всичко от себе си. Но би било добре да знаем, че ако имаме нужда от вашата помощ, вие ще използвате силите си, за да ни помогнете“.

„Договорено“ - избухна гласът.

Е-3 отново се върна в инвалидната си количка в стаята си, а червените очила пулсираха върху лицето му.

„Трябва да спреш да правиш това“ - каза чичо Сам, който оправяше леглото на племенника си. „Преди да съм забравил, днес със Сам посетихме Пи Джей и Арден, докато правехме преглед в болницата. Натъкнахме се на бащата на Пи Джей; той ни даде актуална информация. Сега те делят една болнична стая, но състоянието на нито един от двамата не се е променило“.

„Благодаря, щях да им се обадя. Добре, всички се съберете.“

ГЛАВА 29

КАКВО ДА ПРАВИМ?

Трябва**ли**да остана?" Сам направи пауза. „Защото жена ми ме чака да й масажирам краката. Бебето трябва да се роди всеки ден, така че да я карам да чака не е опция."

„Е, продължавай и се погрижи за нея" - каза Е-3. „По-късно ще те запозная с подробностите."

Лия прегърна Сам.

„Благодаря", каза Сам, докато затваряше вратата след себе си.

Звънецът на входната врата прозвуча.

„Имам го!" Сам извика, докато тичаше към входната врата.

„Той има много работа", каза Е-3.

„Ще бъде по-лесно, когато бебето се появи", каза Лия.

„Ще бъде по-хаотично“, каза Алфред. „Но нека не се тревожим за това сега.“

„И така, какво е най-новото?“ Лия попита.

„Започни с положителните резултати, ако има такива. Силно се надявам да има такива - каза Алфред.

„Добрата новина е, че имам идея. Тъжната новина е, че нямам представа дали тя ще проработи срещу враговете ни. Те са известни като Фуриите. Чувал ли е някой от вас за тях? Знаех името от митологията, а и се срещат в някои игри.“

Лия поклати глава с „не“.

Алфред каза: „Чувал съм за тях, но това беше много отдавна. Мисля, че четохме за тях в гимназията, навремето. Спомням си, че бяха зли - може би трима от тях? И не са ли те богини? В главата ми се появи образа на Медуза. Свързани ли са?“

„Те са по-лоши. Много по-лоши, защото са три - отвърна Е-З. „Когато повърнах, ами това беше веднага след втората ми среща с тях. При първата среща беше по време на едно пътуване с Хадза и Рейки. Това, което те наричаха малко разузнаване. И не се притеснявайте, бяхме маскирани, но научих много. Те са установили щаб в Долината на смъртта.

„Както и подозирахме, те са се насочили към децата. В света на игрите. Лия, ти попита каква е целта им... Тя е да тласнат децата отвъд ръба. Деца на нашата възраст, а дори и по-млади.

„Веднъж щом ги хванат, те крадат душите им. И ги вкарват в Ловци на души, предназначени за други хора. Така че, когато умрат, душите им няма къде да отидат.“

„Това е толкова зло!“ Лия каза.

„И така, когато истинските собственици на ловците на души умрат, какво става с душите им? Искам да кажа, че ако душите им няма къде да отидат - няма дом, няма небе - тогава какво се случва с тях?“ Алфред попита.

„Ето в това е проблемът. Те нямат място за вечен покой - така че когато умрат, просто се носят наоколо. Все пак това е съкратената версия. А ние трябва да спрем Фуриите и трябва да ги спрем скоро“.

„Как вземат душите на децата? Не разбирам - попита Лия.

„Аз също - каза Алфред. „Децата, особено тези, които играят игри, са много компютърно грамотни. Как се излагат на опасност? Как „Фуриите" получават достъп до тях в собствените им домове, точно под носа на родителите им?" Замисли се за миг: „Те ли са отговорни за това, че Пи Джей и Арден са в кома?"

„Добре, първо въпросът на Лия. Фуриите наказват ненаказаните - такава е била целта им в исторически план. Основното им оръжие винаги е било разкаянието. Те карат хората да се чувстват виновни. Да съжаляват, че са извършили нещо лошо. А когато го направят, те поемат контрола. Те ги побъркват, карат ги да се самоунищожават.

„Разказах ви за момчето, което дойде в дома ми и се опита да ме застреля? Каза, че някой в играта му казал, че ще убие семейството му, ако не ме убие. Накарали са го да ме преследва заради действията, които е предприемал в рамките на играта. Беше ми нужен намек от Ериел, за да направя тази връзка. Тогава ми се стори странно, но не го регистрирах веднага.

„Ето как го правят. Детето играе игра и за да напредне в нея, трябва да убие някого или дори да извърши масово убийство, или, ами разбирате идеята. В реалния свят тези неща са грехове и противоречат на закона, в рамките на играта те са част от играта. При повечето игри това е единствената цел.“

„Чакай малко“, каза Алфред. „Искаш да ми кажеш, че в играта наказват децата така, сякаш са извършили убийство в реалния живот?“

„Точно така“, каза Е-З. „Точно това правят. Как използват игралната индустрия, за да оправдаят - не, не мисля, че това е точната дума. Искам да кажа, за да оправдаят действията си по отнемането на душите на децата“.

Лия сви ръце и ги сви в юмруци. След това ги използва, за да покрие ушите си, сякаш не искаше да чува повече. „Абсолютно си прав Е-З. Нямаме друг избор - абсолютно задължително трябва да сложим край на тези вещици. Колкото по-скоро, толкова по-добре.“

„Знам - каза Е-З, - но няма да е лесно. Те са богини, известни още като Дъщерите на мрака и Ериниите. Тяхната цел номер едно е да наказват нечестивите, а в рамките на една игра -

всеки е нечестив. Това е единственият начин да напреднеш в играта".

„Казахте, че имате план, какъв е той?" Алфред попита.

„Първо да отговоря на въпроса ти за Пи Джей и Арден. Интуитивното ми усещане е, че отговорът е „да". Но попитах Рафаела дали може да потвърди. Тя каза, че не може да каже на сто процента по един или друг начин. Тъй като Фуриите никога - доколкото им е известно - не са си тръгвали, за да откраднат някоя душа. Да не говорим за две души.

„О, още нещо, което трябва да ти кажа, е, че в Долината на смъртта има хиляди Ловци на души. Може би повече от хиляди и то в брой, който расте с всеки изминал ден. Те са толкова далече, колкото може да се види с очите си." Той спря, сякаш сърцето му беше в гърлото, и избърса една сълза.

„Беше трудно да бъда свидетел на това. Това, което правят, е толкова преднамерено, умишлено. Това, което не мога да разбера обаче, е какво има за тях. Искам да кажа, че Хадза и Рейки бяха прави, като ме заведоха там, за да го видя. Ако ми бяха казали, без да ми покажат... нямаше да ме удари толкова силно. А и Рафаел казва, че те увеличават приема си всеки ден. Така че нямаме много време да седим и да мислим. Нуждаем се от план и трябва да действаме".

„Смъртни ли са?" Алфред попита.

„Да, на това ниво сме", каза Е-З. „И така, планът, който ми хрумна, беше да си направим собствена игра. Чичо Сам би могъл да ни помогне. Когато играя, за да се похваля с убийства, тогава Фуриите ще дойдат да ме вземат. Когато го направят, ще ги хванем в капан и ще ги убием в играта.

„Мислех, че силите им може да намалеят в играта. Но после ми хрумна - ами ако и моите го направят".

„Няма да разберем, докато не стане твърде късно - каза Алфред.

„Точно така. Колкото повече мислех за това, толкова по-малко ефективна ми се струваше идеята. Да не говорим, че ако наистина имат Пи Джей и Ардън, заклещени в лимба, докато контролът им... Е, биха могли да им отнемат душите. И ние ще ги загубим."

„Искаш да кажеш, че това може да е капан?" Лия попита.

„Точно така.“

„Дадохте ни много неща за обмисляне“ - каза Алфред. „Мисля, че трябва да поспим върху това, да го обмислим и да поговорим за него отново утре“.

„Не съм сигурна дали ще мога да заспя“, каза Лия, “но съм съгласна, да си вземем почивка. Имам нужда от време, за да помисля в колко голяма опасност ще се вкараме. Трябва да сме сигурни, че си пазим гърба един на друг“.

„Разбира се“, каза Е-З. „Междувременно ще видя дали мога да измисля план Б“.

Лия излезе от стаята и затвори вратата след себе си.

„Чудя се кой беше на входната врата?“ Е-З попита.

„Можем да попитаме Сам на сутринта, вероятно все още е зает да се грижи за краката на жена си“.

Те се засмяха. „Звучи като план“, каза Е-З. „Лека нощ, Алфред.“

„Лека нощ, Е-З.“

ГЛАВА 30

ОООН, БЕЙБИ БЕЙБИ

Бебетоидва!" Няколко часа по-късно Сам
„ изкрещя.

По пътя надолу по коридора той държеше
ръката на Саманта в едната си ръка. През рамото
му беше преметната нощна чанта. Той грабна
ключовете за колата.

„Няма да караш, любовчице - каза Саманта, като
сложи ключовете обратно на плота.

Е-Зи излезе в коридора. „Искаш ли да дойдем с
теб?"

„Добре съм", каза Саманта. „Лия все още спи
спокойно."

„Ще я събудя и ще се срещнем в болницата,
добре?"

Лия погледна през рамо: „Вече се обадих на
такси. Той няма да шофира."

Сам се усмихна: „Тя е шефът.“

„Ще се видим скоро“, каза Е-З. „Между другото, кой беше на вратата снощи?“

„Беше Розали. Беше изтощена, затова я настанихме в стаята за гости“.

„Добре, благодаря“, каза Е-З.

Докато се търкаляше по коридора към стаята на Лия, чудейки се какво прави Розали там, той почука на вратата.

„Това съм аз, Лия“, каза той. „Майка ти и чичо Сам отиват в болницата. Бебето ще се роди!“

Първо се чу трясък, после Лия отвори вратата. Лампата на нощното ѝ шкафче беше на пода до леглото. „Ще бъда готова след секунда“, каза тя. Тя затвори вратата.

Той се премести заедно с нея в стаята за гости. Погледна вътре и Сам беше прав, Розали спеше дълбоко. Той се върна в стаята си, облече се и се опита да не събуди Алфред. Лебедите не бяха допуснати в болницата, така че да го събудиш щеше да е подло - щеше да се почувства изоставен. Написа бележка, в която казваше, че Розали спи в стаята за гости и да се грижи за нея, докато се върнат. Кажи ѝ да се чувства като у дома си - написа той. Остави бележката така, че Алфред да не я пропусне, когато се събуди.

И-З затвори вратата след себе си и я заключи, след което двамата с Лия се качиха в чакащото ги такси и се отправиха към болницата.

Следваха указателните табели и скоро намериха бебешкото отделение. Сам беше там и се разхождаше нагоре-надолу, както правят бъдещите бащи по телевизията.

„Как се справяш?" Е-З попита.

„Как е майка ми?" Лия попита.

„Благодаря ви и на двамата, че дойдохте - каза Сам. Ръката му трепереше, когато се опита да отпие вода от една бутилка. „Саманта се справя наистина много добре. Искам да кажа, че тя вече е преминала през това с теб, Лия, така че знае какво да очаква и аз съм. Е, не знам дали ще мога да се справя. Курсът, който изкарахме, за да ни помогне да се подготвим за днешния ден, беше добър - но реалността е съвсем различна. Мразя болниците."

„Всички мразят болниците - каза Е-З. „Но когато влязат през тези люлеещи се врати. И казват, че има нужда от теб... Тогава трябва да се вземеш в ръце, да влезеш там и да помогнеш на жена си. Не забравяйте, че сте екип и сте заедно. Можете да се справите!" Той потупа чичо си по гърба.

„Знам.“

Лия положи глава на рамото на Сам. „Ще се справиш.“

Пристигна медицинска сестра. „Жена ти има нужда от теб. Няма да мине много време. Ще те заведа да се изкъпеш, а после ще можеш да бъдеш при жена си, когато я свалим.“

Сам кимна и си тръгна.

Последният поглед на лицето му напомняше на Е-Зи за човек, който стои пред разстрелващ екип.

„Той ще се оправи - каза Лия и потупа ръката на Е-З.

Часове по-късно Сам се върна при тях с широка усмивка на лицето си. „Имам още една дъщеря - каза той, - и син!“

„Две бебета?“ Лия и Е-З казаха в един глас.

„Да, две. На скенера видяхме само едно.“

„Как е майка ми?“

„Тя е блестяща! Удивителна!“

„Можем ли да я видим? И бебетата?“

„Дайте им няколко минути, за да подготвят нещата. След това можеш да се запознаеш с брат си и сестра си Лия, а Е-З можеш да се запознаеш с братовчедите си.“

„Знаеш ли вече как ще ги наречеш?“ Е-З попита.

„Да, но ще ти кажем заедно.“

„Достатъчно справедливо“, каза Е-З.

„Две бебета, в тази къща - с всички останали“, каза Лия.

„И аз си мислех за същото. Вече имаме пълна къща... но ще се справим. Винаги се справяме.“

Седнаха заедно и зачакаха.

ЕПИЛОГ

Седмици по-късно беше 17 януари. Коледа беше дошла и отминала с обичайния разкош и блясък, същото се отнасяше и за посрещането на новата година. Е-3 беше станал с още една година по-голям, навърши шестнайсет и бандата беше заедно в стаята му. Чарлз Дикенс се беше присъединил към тях чрез Facetime.

В дъното на коридора близнаците - Джак и Джил, вдигаха шум. Сам и Саманта все още свикваха с рутината на новодошлите. Никой в къщата не беше спал много, докато не отвориха коледните си подаръци. Е-3, Лия и дори Алфред получиха звукоизолиращи слушалки.

Е-3и беше мислил за други начини, по които да победят Фуриите. Освен идеята му да ги преследват в играта. Малко други възможности се очертаваха.

Докато останалите спяха, той беше провел няколко разговора с Чарлс онлайн. Чарлз смяташе, че да ги победи в собствената им игра би било „напълно бездарно". '

Е-3 малко се притесняваше на какви други фрази са научили Чарлз тези детектори. Заедно решиха да запознаят групата с обсъжданията си как да продължат с идеята за играта.

„Лесно е - каза Чарлз Дикенс. „Е-3 и аз говорихме по телефона онзи ден и измислихме какво би могло да сработи. Ако имат някаква информация за „Тримата" - имам предвид, че сте навсякъде в интернет - ще знаят за вас. Но няма да знаят за мен.

„Не че ще се страхуват от мен. Макар че Едуард Булвър-Лайтън веднъж беше написал, че „перото е по-силно от меча". В този случай се надявам, че това ще е вярно.

„И така, практикувам с моите приятели детектори. Смятаме, че най-добрата игра, в която да ги вкараме, е съществуваща игра. И си мислим, че знаем перфектната игра.

„Тя се нарича „Екипажът на ПК". Рейтингът на играта е 13+ или 12+ на някои места и е безплатна. Мотивът на играта е да убиете всички, включително семейството и приятелите си. Получавате награда за всяко убийство, но когато убивате близки хора, получавате дори повече точки. Повече пари. Дори известност в рамките на играта. Вашата снимка на телевизионния екран на РК TV. На първата страница на вестник „Пийчър Кийн Таймс". Играта се развива в измислен град, наречен Пийчи Кийн. Това е идеалният капан - и това е игра, която ще стартираме сами. Аз ще играя като дванайсетгодишен, те ще влязат в играта, а вие вече ще сте там".

„Ще бъде достатъчно безопасно", каза Е-З. "Имам предвид, че вече си мъртъв - имам предвид в предишния си живот - така че не могат да те убият."

На вратата се почука: „Отворено е" - каза Е-З.

Лия скочи и хвърли ръце около Розали. „Добре, че си се събудила" - каза тя, докато се гушеше в дебелия пуловер на приятелката си.

Розали се беше превърнала във важна част от екипа им. Въпреки това ѝ беше позволено да остане с тях само още един ден. След това трябваше да се върне в дома.

Докато си проправяше път през стаята, за да седне, тя потупа лебеда Алфред по главата. Всички те бяха станали бързи приятели, тъй като тя беше пристигнала преди бебетата.

„Имам да ви кажа някои неща. Първо, благодаря ви, че ме посрещнахте толкова добре. Беше прекрасно да ви видя и благодаря, че ме накарахте да се почувствам част от вашия екип".

„Аххххх", каза Лия.

„Това, което трябва да ви кажа, е, че писах в една книга за други деца със специални сили като вас. Тя е в чекмеджето на нощното ми шкафче. Следващият път, когато ми дойдете на гости, ще ви я дам, за да можете да отидете и да вземете останалите, за да ви помогнат да победите „Фуриите".

„Ще имаме нужда от цялата помощ, която можем да получим", каза Лия.

„Рафаел и Ериел смятат, че могат да ти помогнат, затова искаха да им дам подробности. Затова и ги записах - за да не забравя нещо важно".

„Затова ли Рафаел и Ериел те вкараха в бялата стая?" Е-З попита.

„И да, и не. Искам да кажа да. Те знаят за другите деца. Но не, не ме помолиха направо да предам информацията за тях. Знам, че тези деца са важни за теб и че без тях няма да можеш да победиш „Фуриите".

„Какво знаеш за „Фуриите"?" Алфред попита.

Розали се поколеба и скръсти ръце. „Знам няколко неща за тях. Като например, че са три страшни сестри, които са се върнали тук, на земята, за да не правят нищо добро".

Е-З каза: „Ти не се шегуваш. Виждал съм от първа ръка щетите, които са нанесли досега. Работим по план. Но кажи ни къде са тези други деца? Смяташ ли, че те ще ни помогнат? Това е, ако успеем да измислим начин да ги докараме тук".

„Те са добри деца, но ще трябва да поискате разрешение от тях и от родителите им. Едното е на другия край на света, в Австралия, другото е в Япония, а третото е в Съединените щати, във Финикс, Аризона. Може да има и други, но тези три са единствените, с които съм имала контакт досега - каза Розали.

„От друга страна, привличането на нови деца ще усложни нещата - каза Е-З. „Освен това, ако се провалим, тогава няма да има кой да поеме управлението вместо нас. Може би ще е най-добре да се справим сами, като се изложим възможно най-малко. Ако можем да се справим, имам предвид да извадим Фуриите - защо да въвличаме други? Непознати? Защо да рискуваме живота на други деца?"

„Не беше много отдавна, когато всички бяхме непознати - каза Алфред.

„Аз все още съм непознат - въпреки че сме роднини" - претегли се Чарлз Дикенс. „Но аз не съм един от Тримата. Е-З е начело и аз съм щастлив да правя каквото той смята за най-добро. Детекторите казват, че съм новак. И това е вярно."

Розали погледна към момчето в Скрина. „Не са ни представили както трябва - каза тя. „Аз съм Розали и съм почти сигурна, че съм повече новак от теб".

Чарлз се засмя. „Аз съм Чарлз Дикенс."

„Имате ли някаква връзка с Чарлз Дикенс?" Розали попита.

„Е, да, аз съм той - превъплътен."

Розали се засмя. „Мислех, че съм чула всичко. Е, щастлива съм да се запозная с теб, Чарлз."

На входната врата се почука силно.

Няколко секунди по-късно обути крака си проправиха път по коридора въпреки протестите на Сам.

„Розали", каза най-едрият от двамата мъже през затворената врата. „Време е да се върнем в дома. Имаш нужда от лекарствата си, така че излизай, или ще трябва да влезем за теб".

Розали се изправи: „Изглежда, че съм ти казала всичко, което трябва да знаеш, и то навреме". Тя отиде до вратата, отвори я и излезе с придружителите.

В задната част на линейката, една минута, после в бялата стая. Рафтовете и книгите бяха същите, но миризмата не беше такава. Преди нямаше никаква миризма, но сега тя беше лоша. Миризлива. Отвратителна. Като белина и развалени яйца.

През стената влязоха три жени, облечени от главата до петите в черно. Вместо коса имаха змии. И още змии пълзяха нагоре-надолу по ръцете им. Те полетяха към нея. Прилепните им криле контрастираха с чистотата и белотата на стаята. Кръвта се пенеше от очите им, докато те размахваха камшиците си в нейна посока.

А миризмата им беше непоносима.

„Кажи ни това, което искаме да знаем" - заговориха фуриите в един глас.

„Не знам какво ме питате - каза Розали, като се държеше за носа.

БЯГАНЕ.

Спукването на камшика прониза кожата на бузата на старата жена. Когато тя докосна лицето си и погледна ръката си, тя беше покрита с кръв.

„Знаеш ли - каза Али, докато тя и сестрите ѝ отново размахваха камшиците си в близост до възрастната жена.

„Не знам какво имаш предвид."

Един рафт с книги се преобърна. Ако не беше бързо движещата се стълба, Розали щеше да бъде смазана под нея.

УДАР.

Сънувам, помисли си Розали. Трябва да се събудя. Трябва да се събудя СЕГА и да се махна от тези ужасни миризливи същества.

Падна още един рафт за книги.

После още една. И още една.

Скоро стълбата също се удари в пода и отскочи. Веднъж, два пъти, три пъти. После се разби на парчета.

„О, не!" Розали извика.

„Ще ни кажеш, любов" - поиска Тиси, докато вдигаше по-възрастната жена от земята, докато змийските ѝ ръце се увиваха около нея.

Краката на Розали увиснаха несигурно. Докато змиите затягаха хватките си около горната част на тялото ѝ.

„Внимавай, сестро, ще ѝ докараш инфаркт - изпищя Мег, приближавайки се до Розали. „Дай ни това, което искаме, любов."

„Няма да ви кажа нищо. Без значение какво ще ми направиш", каза Розали.

Тя се държеше толкова смело. Защото знаеше, че не е сама. Лия беше там и слушаше.

„Това е пълна загуба на време" - каза Али, като изпрати камшик във въздуха и удари цяла стена с книжни рафтове. Няколко крилати книги се опитаха да се измъкнат изпод рафтовете. Една от тях се опита да полети с единственото си останало крило.

Тиси се обърна към далечната стена и подпали книгите. Те паднаха като домино върху бедната Розали, която беше погребана под горящите книги.

Фуриите се засмяха гръмогласно и гордо.

Розали извика името на Лия в съзнанието си. Къде си, Лия? попита тя. Къде си ти, малката?

В къщата Е-3 отвори лаптопа си. „Добре, имахме възможност да поспим върху него. Всички ли сме съгласни, че нямаме друг избор, освен да се борим с „Фуриите"?

Лия и Алфред кимнаха.

„И трябва да вземем тези други деца и да ги доведем тук. Ние сме трима и те са трима. Лия, ти отиваш във Финикс - Малката Дорит може да те вземе или можеш да летиш със самолет".

„Предпочитам Малката Дорит."

„Добре, първото дете е подредено. Въпреки че не знаем името ѝ, нито къде точно се намира във Финикс, Аризона. И ще трябва да го уточните с родителите ѝ. Няма да е лесно, тъй като ще трябва да им съобщиш в каква опасност ще попадне детето им".

„Да, ще трябва да получа повече подробности от Розали."

„Алфред, можеш да отидеш в Япония. Предлагам ти да летиш - ще трябва да уточним логистиката. Ще трябва да летиш обратно с детето, което предполага, че родителите му ще ти дадат разрешение. Отново ни трябват подробности от Розали къде е детето. А и ще има езикова бариера, освен ако не знаете японски?"

Алфред поклати глава.

„Ще намеря преводач."

„Ще ти вземем телефон и ще можеш да си сложиш приложение, което ще прави превода вместо теб. Ще има крива на обучението - каза Е-З. - Ще се наложи да се научиш на нещо. „Особено след като нямаш пръсти".

„Звучи ми добре", каза Алфред. „Ще трябва да започна да работя с телефона незабавно. Не би трябвало да отнеме много време, за да го разбера. Междувременно Розали може да каже на детето, че съм лебед - за да не падне и да не припадне, когато ме види за първи път."

„Това е добра идея", каза Лия. „Но как ще пишеш?"

„Мога да използвам човката си.“

„Или програма, активирана с глас“ - каза Е-3.

„Готино“, казаха Лия и Алфред в един глас.

„А аз ще летя до Австралия. Ще хвана самолета обратно с детето, но ще е по-бързо, ако отида директно там. А, и още нещо, трябва да измислим капан за себе си. По някакъв начин да можем да се измъкнем - в случай че един или повече от нас бъдат хванати, убити или ранени. Трябва да сме подготвени за всичко. Ако умрем, преди да завършим това нещо, няма да има кой да събере парчетата“.

„Архангелите - заекна Лия, после спря. Тя изтръпна, после не можа да си поеме дъх. Тя обви ръце около себе си.

„Добре ли си?“ Е-3 попита.

„Шшш“, каза тя. Не се чуваха никакви звуци нито в стаята, нито в съзнанието й, цареше абсолютна и пълна тишина. Сърдечният й ритъм се върна към нормалното, както и дишането й.

„Фалшива тревога“, каза тя. „Помислих, че нещо не е наред, сякаш получавах SOS, но сега всичко изглежда наред.“

„Това често ли се случва?“ Алфред попита.

„Не“, каза Лия.

„Добре, нека започнем мозъчна атака“, каза Е-З. И те прекараха остатъка от деня в съставяне на списък, като се ориентираха какво може да се обърка и какво може да се оправи.

Отидоха в стаите си и заспаха.

Нощта беше спокойна за всички, освен за Розали.

Розали, чийто глас не се чуваше.

На чийто глас не беше отговорено.

Помощ не пристигна.

Бялата стая беше разрушена.

Никой не дойде да спаси Розали.

От злите фурии.

БЛАГОДАРНОСТИ

Уважаеми читатели,

Благодаря ви, че прочетохте третата книга от поредицата „Е-З Дикенс"… Съжалявам за тъжния край, но понякога се случват такива неща.

Последната книга ще бъде на разположение съвсем скоро!

Още веднъж благодаря на всички хора, които ми помогнаха тази поредица да стане всичко, което може да бъде, като например моите бета-читатели, коректори и редактори. Похвала!

На приятелите и семейството ми, благодаря за насърчението и подкрепата.

И както винаги, щастливо четене!

Cathy

ЗА АВТОРА:

Cathy McGough живее и пише в Онтарио, Канада, заедно със съпруга си, сина си, двете си котки и едно куче.

СЪЩО ТАКА ОТ:

ОЧАКВАЙТЕ СКОРО!
E-Z DICKENS СУПЕРГЕРОЙ
КНИГА ЧЕТВЪРТА:
НА ЛЕДА